찢어, Jean

(주)푸른책들은 도서 판매 수익금의 일부를 초록우산 어린이재단에 기부하여
어린이들을 위한 사랑 나눔에 동참합니다.

푸른도서관 48

찢어, Jean

초판 1쇄 / 2011년 8월 20일
초판 4쇄 / 2016년 5월 30일

지은이 / 문부일
펴낸이 / 신형건
펴낸곳 / (주)푸른책들
등록 / 제321-2008-00155호
주소 / 서울특별시 서초구 양재천로7길 16 푸르니빌딩 (우)06754
전화 / 02-581-0334~5 팩스 / 02-582-0648
이메일 / prooni@prooni.com 홈페이지 / www.prooni.com
카페 / cafe.naver.com/prbm 블로그 / blog.naver.com/proonibook

글 ⓒ 문부일, 2011

ISBN 978-89-5798-292-1 03810

이 도서의 국립중앙도서관 출판시도서목록(CIP)은 e-CIP홈페이지(http://www.nl.go.kr/ecip)와
국가자료공동목록시스템(http://www.nl.go.kr/kolisnet)에서 이용하실 수 있습니다.
(CIP제어번호 : CIP2011002677)

찢어, Jean

문부일 지음

푸른책들

차례

알바학 개론

1

광화문역을 빠져나오며 시계를 보았다. 아홉 시 사십 분이었
다. 나는 걸음을 멈추고 거친 숨을 몰아쉬었다. 이십 분이나 일
찍 도착해 여유가 있었다. 교보문고 앞 횡단보도에 서서 주변을
살폈다. 늦가을의 눈부신 햇살이 광화문 사거리에 가득했다. 뒤
를 돌아보니 이순신 장군과 세종 대왕이 인자한 미소를 지으며
'대한민국 대표 프로 알바'의 광화문 입성을 축하했다. 나도 광
화문 터줏대감들에게 인사를 했다.

맞은편 스마일빌딩 지하에 레스토랑 '꿈의 궁전'이 위치하고
있다. 간판에 빨간 하트가 그려져 있었으면 양수리에 있는 러브
호텔이 떠올랐을 것이다. 오늘부터 그곳에서 아르바이트를 한
다. 레스토랑 알바는 처음이라 떨렸지만 어떤 곳일까 하는 호기

심이 더 컸다.

사람들은 나를 '프로 알바'라고 부른다. 나는 중학교 삼 학년 때부터 주유소, 횟집, 족발집, 서점, 마트에서 일했고 틈틈이 전단지를 돌렸다. 나를 필요로 하는 곳이면 때와 장소를 가리지 않고 달려갔다. 알바를 하며 쌓은 노하우와 인맥은 소중한 자산이었다.

스마일빌딩 창문을 거울 삼아 머리를 매만졌다. 찢어진 청바지에 재킷을 입었더니 두 살은 더 많아 보였다. 동안이 대세인 요즘 난 나이 들어 보이려고 신경을 썼다.

프로 알바지만 새로운 일을 시작할 때는 언제나 두근거렸다. 나는 그 떨림이 좋다.

처음 주유소에서 알바를 할 때가 떠올랐다. 경유와 휘발유 차량을 구별하지 못해 많이 혼났다. 알바를 시작하면 누구나 어리보기가 된다. 그 과정 없이 단번에 프로가 될 수는 없다. 그때 알바 참고서가 있었다면 실수를 줄이고 자신감을 빨리 회복했을 것이다.

과거의 내 경험을 바탕으로 초보 알바들을 위해 『알바학 개론』을 쓰고 싶다. 청소년들은 그 책으로 알바 이론과 실습 사례를 공부한 뒤 현장에서 제 몫을 톡톡히 할 것이다. 『수학의 정석』보다 더 중요한 필독서가 될 거라고 확신한다.

아홉 시 오십 분이었다. 알바는 언제나 십 분 먼저 도착해 눈도장을 찍어야 성실맨으로 인정받는다. 꿈의 궁전 문을 열고 들어갔다. 사장님은 커피를 마시며 우아하게 신문을 보고 있었다. 나는 가게가 떠나가도록 큰 소리로 인사를 했다.

"드림 팰리스의 컨셉은 엘레강~스예요. 클라식하면서 모던한 느낌! 나처럼."

그녀의 머리는 폭탄 파마를 해서 머리는 산발이었고 레이스가 달린 치렁치렁한 치마를 입었다. 무엇보다 눈깔사탕만 한 보석이 달린 귀걸이가 너무 튀었다. '엘레강~스'를 좋아하다 자칫 머리에 꽃을 꽂은 여자로 오해받을 상황이었다.

사장님의 호들갑스러운 설명을 귓등으로 흘리며 가게를 둘러보았다. 주방 옆에 브이아이피(VIP) 룸이 있었고 홀은 넓었다. 은은한 샹들리에 불빛과 어울리지 않는 것은 벽에 걸린 그림이었다. 사방에 촌스러운 그림들이 다닥다닥 걸려 있어 읍내 다방 분위기가 났다. 홀 가운데에도 이젤 위에 그림이 놓여 있었고 그림마다 '봉순덕'이라는 화가 서명이 돼 있었다.

"그림이 참 많네요. 남대문에서 액자 떨이로 사 왔어요?"

"액자 떨이? 오호 마이 갓, 다 내가 그린 거야. 마이 픽쳐!"

봉순덕 사장님, 아니 아리스트(Artist) 봉이 눈을 흘겼다. 순덕이라는 구수한 이름과 엘레강~스, 어울리지 않는 조합에 웃음이 나왔다.

"얼른 유니폼 입어요. 찢어진 청바지가 뭐야? 천박하게."

창고에 들어가 유니폼으로 갈아입었다. 정장 스타일의 유니폼을 입는 건 처음이었다. 빨간 나비넥타이까지 맸더니 숨 쉬기가 힘들었다.

밖으로 나와 거울을 보았다. 아리스트 봉이 넋을 놓고 옷맵시를 살폈다.

"오호, 엑설런트. 쮠이 씨, 폼 나네! 정장을 즐겨 입나 봐. 옷걸이가 베리 굿이야."

나는 올해 열여덟 살이다. 자퇴를 하기 전까지 지겹도록 교복을 입었더니 옷 태가 남아 있었다.

며칠 전, 검정고시 학원에 등록을 하고 책을 사러 광화문 쪽으로 걷고 있었다. 학원과 가까운 곳에서 알바를 할 생각이었는데 마침 꿈의 궁전 앞에 붙은 '알바 급구' 문구가 나를 붙잡았다. 고등학교 자퇴생을 받아 주지 않을 것 같아 면접을 볼 때, 스무 살이라고 둘러댔다. 프로 알바의 포스를 느꼈는지 아리스트 봉이 그 자리에서 오케이를 외쳤다.

오전 열 시부터 오후 여섯 시까지 일을 하고 밤에는 학원에서 공부를 할 것이다. 월급은 다른 곳과 비슷하지만 임금 협상을 해서 더 많이 받을 계획이다.

"술은 잘 마시나? 프로 알바보다 프로 술꾼이 좋은데. 난 쐬주 세 병은 기본이야."

주방 아줌마가 고무장갑을 벗으며 다가왔다. 큰 키에 삐쩍 마른 몸, 머리에 빨간색 수건을 두르고 있어서 고추장 찍은 마른 멸치 같았다.

"소주 타령은 그만하고 알바생 교육이나 잘 시켜요. 난 물감

사러 인사동에 다녀올게요."

아리스트 봉은 핸드백을 들고 휑하니 밖으로 나갔다.

"다른 알바생은 언제 와요? 여기 인기 메뉴가 뭐죠? 매출이 꽤 되죠?"

나는 바닥을 쓸며 꼬치꼬치 캐물었다. 시이오(CEO)들은 적극적인 사람을 좋아한다. 조용한 성격이라면 며칠 동안이라도 활달한 캐릭터를 연기하는 게 좋다.

"준이 씨 혼자야. 요즘 경기가 어려워서 손님도 없어……."

"아무리 힘들어도 점심은 먹잖아요. 광화문 사거리에 사람이 넘치는데."

아줌마는 말없이 한숨을 쉬며 주방으로 들어갔다.

청소를 마치고 계산대 옆에 있는 쓰레기통을 비웠다. 만 원짜리 지폐가 접힌 채 버려져 있었다. 돈을 꺼내 잘 펴서 계산대에 올려놓았다. 세종 대왕 할아버지가 내게 윙크를 했다.

오픈 준비를 끝냈더니 열두 시가 되었다.

마수걸이를 잘해야 하루 장사가 잘 된다는 영업의 법칙을 나는 믿는다.

첫 손님을 기다리며 문 옆에 서 있었지만 십 분이 지나도록 아무도 오지 않았다. 아줌마도 할 일이 없는지 주방 입구에 기대어 나를 지켜보았다. 눈치가 보여 가만히 있을 수 없었다. 맥주병을 깨끗이 닦아서 냉장고에 채워 넣었다. 그러면서 손등으로 이마를 훔치고 허리를 두드리는 시늉을 했다. 알바생은 가끔

적절한 순간에 연기도 잘해야 한다.

드디어 문이 열렸다. 우렁차게 인사를 했는데 손님이 아니라 아리스트 봉이었다. 그녀는 오자마자 낮잠 자기 딱 좋은 클래식 음악을 틀었다. 일요일 오후처럼 나른해졌다.

"어제 계산하다가 쓰레기통에 떨어뜨렸구나! 찾아 줘서 땡큐."

"유어 웰컴. 근데 쓰레기통에서 찾은 건 어떻게 아세요?"

"돈에서 쓰레기 냄새가 나잖아. 돈에 향수 좀 뿌려야지. 어휴, 더티!"

그녀가 향수를 찾아 두리번거렸다. 프로 알바를 이렇게 시험하다니! 무시를 당했다는 생각에 자존심이 상했다. 프로끼리는 통하는 법인데 그녀는 내 존재감을 눈치채지 못했다. 초보 CEO라는 증거였다.

첫 손님이 들어왔다. 깍듯하게 인사를 하고 좋은 자리로 안내했다. 손님은 커피 두 잔을 주문했다. 꿈의 궁전에서는 인스턴트커피, 일명 다방 커피를 오천 원에 팔았다. 폭리를 취하는 '꿈다방'이었다. 맛이 없으면 어쩌지? 걱정을 하며 손님 몰래 맛을 보았다. 읍내 다방 김 양이 탄 것보다 더 달착지근했다.

더는 손님이 오지 않았다. 개점휴업 상태로 점심시간이 끝나고 있었다.

나는 졸린 음악을 들으며 봉 화가님 작품을 감상하러 온 관람객 신세였다. 장사가 안 돼 고민이 많은지 그녀의 얼굴에 그림자가 가득했다.

"사장님, 안 좋은 일 있으세요?"

"그림의 주제가 안 떠올라! 창작의 고통은 너무 힘들어."

그녀가 두 손으로 머리를 부여잡고 신음했다. 모노드라마의 주인공으로 캐스팅될 실력이었다. 꿈의 궁전은 음악, 그림, 연극까지 감상할 수 있는 종합 예술 공간이었다.

할 일을 찾아 서성거릴 때, 가죽점퍼와 백바지를 입고 스포츠머리를 한 이십 대 남자가 들어왔다. 사내가 가게를 훑어보더니 계산대에 기대어 섰다.

"점심 장사가 안 돼서 우선 삼일 치만 줄게. 내 사정 좀 봐줘."

아리스트 봉은 어깨를 잔뜩 움츠렸다. 엘레강~스를 외치던 도도함은 어디로 갔을까.

"누님, 이러면 이자만 올라가! 장사 안 되면 가게 정리해요."

남자가 이마에 핏대를 세우며 종이를 꺼냈다. 그녀는 학생부장 앞에서 반성문을 쓰는 여고생처럼 기죽은 채 서명을 했다. 나는 무슨 일인지 궁금해 주방으로 들어갔다.

"가게 월세가 밀려서 일수 빌렸어. 사실 예전 알바들도 월급을 못 받아서 죄다 때려치웠지."

아줌마는 천지가 개벽할 충격적인 사실을 심드렁하게 말했다.

면접을 볼 때 아리스트 봉이 아무것도 묻지 않은 까닭을 이제야 알았다. 다리가 후들거렸다. CEO의 얼굴만 봐도 영업 상황을 단박에 파악한다고 확신했는데, 자만이었다. 아리스트 봉이 순박하고 미더워 당연히 알짜배기 가게라고 여겼다.

알바 인생 삼 년 동안 한 번도 겪지 못한 일들을 몇 시간 만에 속성으로 체험하고 있었다. 당장 때려치울까? 갑자기 맹장이 터져서 병원에 간다고 둘러댈까? 불쌍한 사람 돕는 셈 치고 오늘만 봉사 활동하고 내일부터 연락을 끊을까? 머리가 복잡해졌다. 제 발로 무능한 CEO를 찾아간 나를 원망했다.

하루 만에 관두는 고딩 알바생을 숱하게 보았다. 그런 놈들 때문에 열심히 일하는 모범 알바생까지 욕을 먹었다. 나는 그런 녀석들에게 무책임하다고 손가락질을 했는데 이번에는 내가 욕 먹을 상황이었다. 하루 만에 관두면 알바 인생 최대의 오점이 돼 프로 알바 자격을 박탈당할지도 모른다.

위기였다. 험난한 고비를 어떻게 돌파해야 내 진가가 발휘될까. 고민의 늪에 빠져 허우적거리는데 하늘의 계시를 받은 듯 머릿속이 번쩍거렸다. '위기는 기회야!' 어디선가 나직한 음성이 들렸다. 그 소리가 귓가를 떠나지 않았다.

다른 가게에서 배울 수 없는 것을 꿈의 궁전에서 배울 수 있겠다는 예감이 들었다. 장사가 잘 되도록 CEO와 머리를 맞대는 것도 알바생의 의무다. 그리고 경력 3년이면 단순한 서빙에서 벗어나 한 단계 업그레이드된 실력을 쌓아야 한다. 월급 욕심에 순간 프로 알바라는 내 위치를 망각했다. 반성하며 프로 알바의 자질을 마음속 깊이 새겼다.

"당장 관두더라도 점심은 먹어야지. 고민만 한다고 손님이 몰려오나?"

아줌마가 점심을 차렸다. 돈가스 정시이었다. 하나도 팔리지 않은 돈가스가 애처로웠다. 별 기대 없이 맛을 보았다. 등심인데도 질기지 않고 부드러웠으며 고소했다. 무엇보다 소스가 최고였다. 맛있는 돈가스가 왜 안 팔리는 걸까.

"돈가스 맛있지? 내가 일본에 가서 직접 배워 왔어. 근데 쭌 손이 참 작네."

아리스트 봉이 내 손을 잡았다. 일을 많이 해서 상처투성이에 거칠고 투박한 손이었다. 부끄러워서 왼손을 주머니에 넣었다. 이번에는 아줌마가 내 손을 만지더니 물을 원샷으로 마셨다.

"우리 아들 손 닮았어. 못난 애미 만나 알바도 많이 했지. 그리고 이거 물 아니고 쐬주야."

그녀는 일주일에 오 일 동안 술을 마신다. '주오일' 아줌마가 한 잔을 더 들이켜더니 넋두리를 시작했다.

그녀는 작은 식당을 운영해 돈을 많이 벌었다. 욕심이 생겨 담보 대출까지 받아 재테크 업체에 투자를 했는데 알고 보니 사기꾼이었다. 집과 식당을 팔아 빚을 갚고 지금은 가족과 헤어져 창문 없는 고시원에서 지냈다. 그녀의 목소리에 물기가 가득했다.

"떼돈 벌 수 있으면 자기네가 벌지 왜 우리한테 알려 줘? 공짜가 없다는 걸 쉰 살 넘어서 알았으니…… 이젠 허황된 꿈은 안 꾸고 착실하게 살 거야."

아줌마가 다짐을 하듯 몇 번이나 되풀이했다.

아리스트 봉은 일수 갚을 돈을 빌리느라 정신이 없었고, 가게는 여전히 썰렁했다.

빈둥거리는 게 일하는 것보다 백배 더 힘들다는 것을 처음 알았다. 이러다가 나도 다른 알바생처럼 돈 한 푼 못 받고 관둬야 하는 처참한 상황이 닥칠 것 같았다. 프로 알바의 역량이 발휘될 기회가 쉽사리 오지 않아 답답했다.

바람을 쐬려고 일 층으로 올라갔다. 거리에는 사람들이 많아 시끌벅적했고 활기가 넘쳤다. 식당에는 손님들로 가득했다. 많은 사람들이 스마일빌딩 앞을 지나다녔지만 아무도 꿈의 궁전에 관심이 없었다. 투명 가게인가 싶을 정도였다.

마침 아저씨들이 가게 쪽으로 다가왔다. 나는 생글생글 웃으며 인사할 준비를 했다.

"여기 돈가스는 정말 맛있는데 비싸. 천국 돈가스는 오천 원이야. 내가 쏠게."

머리가 살짝 벗겨진 아저씨가 구시렁거렸다. 그들은 '김밥천국'으로 입국했다.

나는 아저씨가 내뱉은 말을 곱씹으며 김밥천국을 노려보았다. 꿈의 궁전에서 가장 저렴한 돈가스는 구천 원. 경제 불황에 터무니없는 가격이었다. 그것만 바꾸면 경쟁력이 있었다. 기회가 왔다는 것을 직감했다. 나는 아리스트 봉을 부르며 가게로 뛰어들어갔다.

'꿈의 궁전 회생 방안'을 주제로 노사 간의 진지한 대화를 나누려는 순간이었다. 뚱뚱한 아저씨가 똥배를 들이밀며 들어왔다.

"석 달 치 월세는 어떻게 할 거야?"

건물 관리실장이었다. 반갑지 않은 손님이 더 많이 찾았다.

"이번 달에도 못 드리면 아파트 계약서를 담보로 맡길게요."

아리스트 봉이 힘없이 말했다. 이럴 때 백마 탄 왕자님이 나타나 구원의 손길을 내밀어야 하는데 올 사람은 딱 한 명, 일수를 받는 백바지 형뿐이었다.

두 시가 넘어 늦은 점심을 먹었다. 아리스트 봉은 숟가락을 들 기운도 없어 보였다.

"김밥천국과 경쟁해서 이기려면 돈가스를 싸게 팔아야 해요."

나는 그동안 연구한 '꿈의 궁전 회생 방안' 기획안을 발표했다.

"여긴 럭셔리한 레스또랑이야. 어떻게 김밥천국과 비교할 수 있어? 난 미술과 음악 그리고 와인이 함께하는 아트 공간을 만들고 싶어. 그리고 아리스트는 원래 헝그리한 거야."

아리스트 봉이 콧방귀를 뀌며 손사래를 쳤다. 그러면서 '왕년에는 내 얼굴 보러 남자들이 줄을 섰는데.'와 같은 근거를 알 수 없는 말을 몇 번이나 덧붙였다.

"왕년 없는 사람이 어디 있어요? 속는 셈 치고 믿어 봐요. 고집 부리다가 나처럼 되려고?"

주오일 아줌마가 봉 여사를 나무랐다. 아리스트 봉은 손가락으로 귀를 후벼 댈 뿐이었다.

전화벨이 울렸다. 발신자 번호를 확인한 아리스트 봉이 웃으며 전화를 받았다. 잠시 뒤, 그녀의 얼굴이 점점 굳어졌다. 대꾸 한 번 하지 않고 듣기만 하다가 전화를 끊었다.

"쯘, 일주일 줄 테니 가게 살려 봐. 유학 간 딸이 웬수야, 웬수. 돈 부치라고 난리야."

봉 여사는 컵에 소주를 따라 단숨에 비웠다.

봉 여사의 딸 덕분에 나는 전국 최연소 레스토랑 CEO 직무 대리가 되었다.

2

돈가스의 궁전으로 오세요!

12시부터 2시까지 등심 돈가스 5000원! 후식 무료!

가게 앞에 현수막을 다는 것으로 직무 대리 취임식을 대신했다.

'5000원'이라는 글씨가 선명해 멀리서도 눈에 확 들어왔다. '경축! 김준 직무 대리 취임' 현수막이 걸린 것처럼 흐뭇했다. 김밥천국과의 차별화 전략은 후식을 공짜로 주는 것이었다. 아리스트 봉이 팔짱을 끼고 마뜩찮은 표정으로 현수막을 노려보았다.

"박리다매 전략이지. 등심 동가스는 원가가 삼천오백 원이야. 많이 팔아야 돼."

아줌마는 부산스레 돈가스 오십 인분을 준비했다.

박리다매. 그 말을 따라하며 주방에 쌓인 돈가스를 보았다. 손님이 안 오면 어쩌지? 마음이 초조해졌고 걱정은 태평양처럼 넓고 깊었다. 나는 구석에 쭈그려 앉아 두 손을 맞잡고 조상님을 시작으로 부처님, 예수님, 알라신에게 기도를 했다.

"안 팔리면 배 터지게 먹으면 되니까 걱정할 거 없어. 한번 해 보자고!"

아줌마의 넉넉한 웃음소리에 긴장이 풀렸다.

일손이 없기 때문에 셀프서비스를 시작했다. 이젤을 치우고 넓은 테이블을 놓았다. 그 위에 컵과 물통, 단무지통, 김치통, 국냄비 그리고 밥솥을 준비했다. 다시 한 번 살펴보며 부족한 것을 챙겼다.

정리를 끝내고 일 층으로 올라갔다.

"광화문 최고 맛집, 꿈의 궁전 파격 세일! 선착순 오십 명만 뛰어오세요."

손뼉을 치며 소리를 질렀다. 남대문 시장 먹을거리 골목 분위기였다. 회사원들이 현수막을 보며 가게 안으로 들어왔다.

봉 사장은 쭈뼛거리며 주문을 받았다. 손님들은 셀프서비스를 당연하게 여겼고 삼십 분이 지나자 가게가 북적거렸다. 모두 등심 돈가스만 시켜 손님 머릿수대로 서빙만 하면 끝이었다.

정장을 입고 일하기 힘들었다. 특히 구두는 빨리 걸을 때 미끄러질 것 같아 불안했다. 나는 유니폼을 벗었다. 청바지에 터셔츠를 입고 운동화를 신었다. 몸이 가뿐해 일할 맛이 났다. 학교를 자퇴하며 교복을 벗을 때도 이런 기분이었다.

학교에서 나는 존재감이 없었다. 하지만 점점 '미친 존재감'을 뽐내기 시작했다. 등록금, 급식비 미납자 명단에 올랐고 숙제를 하지 않아 매일 혼났다. 그리고 아이들과 싸워서 아이들의 부모에게 욕을 얻어먹고 따귀를 맞았다. 급기야 나는, 나를 무시하는 담임한테 욕까지 내뱉었다.

그러는 사이 집안 형편이 나빠져 알바를 시작했다.

처음 알바를 할 때는 기가 죽어 말도 제대로 못하고 쭈뼛쭈뼛 사장님 눈치만 보기 바빴다. 몇 번 욕을 얻어먹고 조금씩 배워 나가는데 예상치 못한 일이 벌어졌다.

"준이는 장사꾼 재능을 타고났어. 이 길로 쭉 가면 프랜차이즈계의 빌 게이츠가 될 거야."

가게 사람들이 나를 추켜세웠다. 선생님들로부터 한 번도 듣지 못한 칭찬에 가슴이 터질 듯 부풀어 올랐다. 더 열심히 일을 했고 차츰 내 꿈이 무엇인지 알게 되었다.

알바를 통해 얻은 자신감은 홀가분하게 학교를 떠날 수 있도록 도와줬다.

청바지에 운동화 차림으로 일을 시작했다. 아리스트 봉이 '잇츠 테러블!'을 외치려다 입을 다물었다. 지금 나는 그녀의 명령을 듣는 알바생이 아니라 CEO 직무 대리였다.

"돈가스 맛있네요. 커피까지 마시니까 천국이야. 돈가스 천국!"

손님은 입술에 묻은 돈가스 소스를 손등으로 훔쳤다.

"돈가스 튀기는 기름을 삼 일에 한 번씩 갈아요. 그래서 더 꼬소하죠."

아리스트 봉이 '꼬소'라고 말할 때 식용유 광고를 찍는 모델 같았다.

손님들은 식사가 끝나면 커피를 마시며 수다를 떨었다. 새로 온 손님이 앉을 자리가 없어 돌아갔다. '오 마이 갓!'을 외치고 싶었다. 손님을 억지로 나가게 할 수는 없었다. 고민 끝에 클래식 음악을 끄고 빠른 댄스곡을 틀었다. 볼륨을 높이자 손님들이 수다를 떨지 못해 자리에서 일어났다. 그리고 주방에 걸린 벽시계를 가져다 계산대 위에 걸어 놓았다. 음악 소리에 맞춰 걸음이 빨라져 일하는 맛이 났다.

드디어 점심시간이 끝났다.

두 시간 동안 돈가스 육십 인분이 팔렸다. 아리스트 봉은 잇

몸이 보이도록 웃으며 밥도 먹지 않고 계산기만 눌렀다. 그녀는 이제 도도한 아리스트 봉이 아니라 계산 빠른 이코노믹 봉이었다.

"쭌이는 정말 타고난 장사꾼이야. 장사도 재능이 있어야 하지."

주오일 아줌마가 엄지손가락을 세워 보이며 소주잔을 내밀었다.

직무 대리로 취임한 지 보름이 지났다.

매상이 엄청나게 올랐고 꿈의 궁전에서 내 위치는 탄탄해졌다. 아리스트 봉과 주오일 아줌마도 내 실력을 인정했다. 나도 내게 경영 마인드가 있다는 것을 알고 놀랐다. 자본만 있으면 당장 창업해도 성공할 수 있다는 자신감이 생겼다.

점심시간이 끝나자 가게는 다시 한산해졌다. 이때부터는 흥겨운 댄스곡보다 발라드 음악이나 클래식이 좋았다.

점심을 먹었더니 졸음이 쏟아져 카운터에 앉아 꾸벅꾸벅 졸았다.

"튀김기에 있는 기름이 식었어. 폐유통에 붓고 새 기름으로 갈아 줘. 팔 아파서 못하겠어."

아줌마가 시장에 가며 일을 맡겼다. 나는 눈곱을 떼고 주방으로 들어갔다.

면장갑을 끼고 튀김기 속을 들여다보았다. 찌꺼기도 없고 기름이 검게 변하지도 않았다. 뉴스를 보니 검게 변할 때까지 쓰는 가게도 있던데 삼 일에 한 번씩 가는 것은 낭비였다. 식용유 값도 아끼고 자원도 절약하는, 일석이조 경영을 실현할 때다. 역시 나는 타고난 장사꾼이었다.

찌꺼기를 건져 내고 사용한 기름을 반 정도만 폐유통에 담았다. 그러고는 새 식용유로 튀김기를 채우고 젓가락으로 잘 저었다. 티가 나지 않았다. 돈을 적게 쓰고 최대의 이익을 남겨야 유능한 CEO인데 아리스트 봉은 손이 너무 컸다. 어수룩한 그녀에겐 아티스트가 딱이었다.

가게에는 손님이 한 명도 없었다. 심심해서 또 졸음이 몰려왔다. 한가할 때 공부를 하고 싶었지만 아리스트 봉의 눈치가 보였다. 잠깐 바람을 쐬러 밖으로 나갔다.

다른 식당에도 손님이 없었다. 한창 붐비는 곳은 커피숍이었다. 콩다방, 별다방에는 젊은 사람들로 가득 차 자리가 없었다. 시장 조사를 하러 콩다방에 들어가 빈자리에 앉았다. 그윽한 원두커피 향이 좋아 아메리카노를 마시려다 참았다. 한 시간 알바비를 날릴 수 없었다. 나는 '된장남'이 아니니까.

꿈다방에 돌아와 달착지근한 다방 커피를 마시며 소파에 앉았다. 진한 커피에 잠이 달아났다. 피곤할 때에는 꿈다방 커피가 제격이었다. 꿈다방이 콩다방보다 나은 점이 무엇일까? 시원하게 트림을 하며 연구를 시작했다.

아메리카노나 카페라떼 마니아들은 다방 커피를 싫어한다.

인스턴트커피 마니아는 어르신들, 거기에다 할아버지들은 딱딱한 의자보다 푹신한 소파를 좋아한다. 꿈다방의 타겟을 광화문 사거리에서 활동하는 어르신들로 정했다. 갈 데 없어 방황하는 할머니, 할아버지들의 새로운 아지트로 거듭날 준비가 돼 있었다.

꿈다방의 오후 마케팅 전략을 바꿨다.

오후 2시부터 5시까지 커피, 녹차 2500원

아침 일찍 가게 앞에 입간판을 세웠다.

점심시간이 끝나자 밖에서 서성거리던 할아버지들이 몰려왔다.

"느릿느릿한 음악 대신 트롯으로 바꿔. 송대관이나 이미자 좋잖아."

"트롯? 잇츠 테러블! 여긴 읍내 터미널 앞 다방이 아니에요. 드림 팰리스지."

아리스트 봉이 몸을 부르르 떨며 결사반대를 했다.

찻손님은 조용하게 이야기를 나눌 뿐 나를 찾지 않았다. 아리스트 봉은 창고에서 창작의 고통을 즐겼고 나는 멍하게 앉아 음악을 들었다.

가게가 이 층에 있었다면 석양을 맘껏 즐길 수 있었을 것이다. 일이 끝난 후 밖으로 나가면 이미 어두워져 햇빛을 볼 수 없었다. 출근하는 동안 만나는 햇빛, 구름, 바람이 내겐 정말 소중했다.

엄마와 함께 온 중학생이 코코아를 시켰다. 우유가 없어 편의점으로 뛰어갔다. 비가 오고 있었나. 우산을 가지러 갈 시간이 없어 비를 맞으며 우유를 사 왔다. 비가 오는지, 바람이 부는지 모른 채 살고 있었다.

수건을 꺼내 얼굴에 흐르는 비를 닦았다. 주방 쪽 테이블에서 경쾌한 웃음소리가 들렸다. 중학생 남자 아이가 교보문고 종이 가방에서 책을 꺼내 엄마에게 보여 줬다. 시선이 자꾸 그쪽으로 향했다.

교복을 보니 학교가 떠올랐다. 수업이 끝나 아이들이 피시방에 갈 시간이었다. 가을 소풍은 어디로 갔을까. 다들 대학에 갈 준비로 스트레스를 받을 거다. 까칠하고 도도한 효은이는 잘 지내나? 여러 가지 생각이 꼬리를 물었다.

"아메리카노 한 잔요."

인상 좋은 아저씨가 영자 신문을 펼치며 자리에 앉았다. 생각에 빠져 손님이 온 것도 몰랐다.

"다방 커피밖에 없는데 맛있어요. 읍내 다방 김 양 보다 꿈다방 김 군이 더 잘 타거든요."

커피잔을 쟁반 위에 올려놓고 파리의 노천카페 웨이터처럼 멋지게 걸었다. 그런데 손가락이 삐끗하면서 쟁반이 흔들렸고 커피가 테이블에 쏟아졌다. 서류에 커피가 묻었다. 허둥거리며 앞치마로 테이블을 닦았다.

"오호 쏘리. 옷에 커피가 묻었으면 세탁비 드릴게요."

화장실에 가던 아리스트 봉이 달려왔다.

"노 프라블럼. 중요한 서류는 아니에요. 커피 한 잔 주시고, 학생은 너무 나무라지 마세요."

아저씨가 푸근하게 웃었다. 나는 몇 번이나 고개를 숙였다.

아저씨에게 커피를 드리고 돌아서는데 문이 열렸다. 금발 머리가 잘 어울리는 늘씬한 외국 누나들이었다. 그녀들의 미모가 울적한 기분을 달래 주었다. 특히 파란 눈동자가 아름다워 그 속에 풍덩 빠지고 싶었다.

나는 달콤한 미소를 지으며 메뉴판을 건넸다. 그녀들이 영어로 중얼거렸지만 '스모킹'이란 단어밖에 들리지 않았다. 등에서 식은땀이 흘렀다.

"유아 쏘 뷰리풀!"

나는 용기를 내 혀를 굴렸다. 외국인 누나들은 서로 눈짓을 주고받으며 땡큐를 연발했다. '하우 올드 아 유?' 내친 김에 기초 생활 영어에서 배운 작업 멘트를 날리려는데 외국인에게 나이를 묻는 게 실례라고 들은 기억이 났다.

누나들은 주문을 못해 답답한지 가방을 챙기며 일어났다. '생활 영어의 달인' 아리스트 봉이 나설 차례였다.

"웰컴 투 드림 팰리스!"

그녀도 머뭇거리다가 '오케이!'를 몇 번 말하더니 입을 다물었다.

"뉴욕 발음이 아니라 잘 모르겠어. 미국 사투리 겁나게 쓰는데."

아리스트 봉은 창고로 몸을 피했다.

잠자코 있던 아저씨가 능숙하게 통역을 해 주었다. 아저씨의 등 뒤에서 빛이 뿜어지는 순간이었다. 발음도 정확해 영어 교재 녹음테이프를 듣는 것 같았다. 손님들이 메뉴판을 가리키며 주문을 했다.

우여곡절 끝에 식사를 마친 손님들이 나가면서 삼천 원을 테이블 위에 올려놓았다. 동방예의지국인 한국의 앞선 시민 의식을 보여 줘야 한다는 사명감에 돈을 들고 따라 나갔다.

"외국에선 팁 놓고 가는 게 예의야. 한국의 중심 광화문에서 일하는 매니저가 기본 영어와 에티켓 정도는 알아야지?"

그 한 마디가 내 가슴을 쿵 쳤다.

내 꿈은 맥도널드, 피자헛 같은 세계적 프랜차이즈 음식점을 경영하는 것이다. 퓨전 한국 음식을 메인 메뉴로 해 전 세계 사람들의 입맛을 사로잡고 싶다. 그 꿈을 이루려면 다른 나라에서도 알바와 공부를 해야 한다. 늘 외국어를 열심히 공부하겠다고 다짐했지만 피부에 와 닿지 않았었다. 그런데 막상 겪고 나니 절실하게 다가왔다.

아저씨는 바바리코트를 입고 자주 가게를 찾았다. 다리가 짧아 어울리지 않는 게 흠이었다. 숏다리 아저씨는 깊은 슬픔에 잠긴 채 자작시를 낭송했고 아리스트 봉이 '브라보! 원더플!'을 외쳤다. 두 사람은 벽에 걸린 그림을 보며 예술적 대화를 나누었다. 특히 그녀는 피카소가 자신의 베스트 프렌드인 것처럼 말 끝마다 우리 '카소'를 붙였다.

광화문 사거리에 플라타너스 낙엽이 뒹굴었고 쌀쌀한 바람이 불었다. 하늘은 잿빛이었고 을씨년스러웠다. 손님들이 들어올 때 차가운 바람 냄새가 풍겼다.

점심시간이 끝나 손님들이 썰물처럼 빠져나갔다. 식사를 하던 아가씨가 아리스트 봉을 불렀다. 친구들을 데리고 일주일에 한 번은 꼭 오는 단골손님이었다.

"주방장 새로 왔어요? 돈가스 맛이 조금 이상해요. 눅눅한 냄새도 나고."

아가씨는 돈가스를 반이나 남겼다. 아리스트 봉이 맨손으로 돈가스를 집어 먹더니 이맛살을 찌푸렸다. 그러고는 주방에 들어가 아줌마와 이야기를 하며 튀김기를 살폈다. 아줌마가 폐유통을 흔들어 보았다.

"준, 기름은 새로 갈았어?"

아줌마가 나를 불렀다. 행주를 테이블 위에 놓고 주방에 들어갔다. 아줌마가 다시 한 번 물었다. 나는 아리스트 봉과 아줌마의 눈치를 살피며 입을 열지 못했다.

"삼 일마다 기름을 간다고 말했는데 일주일이나 쓰면 사기야. 장사는 손님과의 약속이야. 돈 조금 아끼려고 기름 오래 쓰면 며칠은 이익일지 모르지만 결국 손해야. 손님들이 얼마나 민감한데. 이제 저 아가씨는 우리 가게에 안 올 거야."

아리스트 봉이 따끔하게 말했다. 아줌마는 장갑을 끼고 기름을 떠서 폐유통에 넣었다. 나는 손님의 절대 미각에 혀를 내둘렀다. 분명 대장금의 피가 흐를 것이다.

"제가 실수했어요. 다음에 꼭 오세요. 더 맛있는 돈가스로 대접할게요."

손님에게 사과를 하고 점심값을 내 돈으로 계산했다. 한 시간 일해서 번 돈이 허무하게 사라졌지만 다른 손님들이 눈치를 채지 못해 다행이었다. 경영에 탁월한 재능이 있다고 으스댔는데 보기 좋게 박살이 났다. 얼굴이 화끈거렸다.

직무 대리에 취임할 때 가졌던 마음을 되씹으며 테이블을 치웠다.

"너무 마음 쓰지 마. 아직 한참 어린데 뭐가 걱정이야. 날씨가 쌀쌀해서 난방을 해야겠어. 온풍기 청소 좀 부탁해."

봉 사장이 온풍기의 먼지망을 뜯었다. 먼지망에는 먼지 덩어리가 새카맣게 껴 있었다. 고무장갑도 끼지 않고 먼지망을 씻었다. 손이 차가웠지만 정신이 번쩍 들었다. 하는 김에 쓰레기통들도 깨끗하게 씻어서 말렸다.

여섯 시 십 분이 지났다. 가방을 챙기고 퇴근 준비를 하는데 아리스트 봉이 나를 불렀다.

"열심히 일해 줘서 땡큐! 월급을 제때 줄 때가 베리 해피해."

아리스트 봉이 봉투를 내밀었다. 식용유 사건에 신경을 쓰느라 월급을 잊고 있었다. 허리를 기역 자로 접어서 인사를 하고는 창고에 들어가 돈을 셌다. 삼만 원이 더 들어 있었다.

드디어 때가 왔다. 오늘이 지나면 또 지루하게 한 달을 보내야 한다.

학원 친구에게 2분 뒤에 전화를 하라고 문자 메시지를 보냈다. 심호흡을 하며 계산대 앞을 지나는데 전화벨이 울렸다. 절묘한 타이밍!

"사장님, 안녕하세요? 잘 지내셨어요? 오랜만입니다."

나는 일부러 목소리를 높였다. 아리스트 봉은 두 눈을 감고 음악을 감상하고 있었다.

"정말요? 병문안 갈게요. 네, 저도 도와드리고 싶죠."

전화를 건 녀석은 '너 돌았냐? 완전 미쳤어.'라며 쏘아붙였다. 잠시 뒤, 침통한 표정을 지으며 전화를 끊었다.

"예전에 일했던 가게 사장님이 편찮으셔서 저한테 매니저를 맡아 달라고 하시네요."

그녀가 묻지도 않았는데 선수를 쳤다.

"거긴 얼마 준대? 준이 실력이면 오라는 가게도 많겠지."

고맙게도 아줌마가 월급 이야기를 꺼냈다. 프로 알바 중에도 일 잘하고, CEO의 신임을 얻는 사람만 할 수 있는 임금 협상이 시작되었다.

"시간당 이천 원을 더 주겠대요. 사나이는 의리에 죽고 사는데, 전 너무 정이 많아서……."

말꼬리를 흐리며 문을 밀었다. 팽팽한 긴장감이 흘렀다. 그녀의 선택만이 남았다.

사실 터무니없이 돈을 올려 달라고 하는 건 절대 아니다. 나는 몇 사람의 몫을 혼자서 거뜬하게 해내고 있다. 일한 만큼 충분한 대가를 받는 건 알바생의 당연한 권리다. 고딩 알바생에게 최저 임금 규정보다 턱없이 낮은 월급을 주고, 그 돈마저 떼어먹고, 심지어 성추행까지 하는 악덕 업주들이 있다. 알바생의 권리는 사장님이 덤으로 주는 게 아니라 의무를 다하며 투쟁을 통해 쟁취하는 것이다. 〈전국고딩알바생총연합〉을 만들어 알바생들도 단결해 권리를 주장할 때다.

"천오백 원 더 줄게. 어리바리한 알바보다 일 잘하는 사람 한 명이 낫지."

"올려 주시지 않아도 되는데. 더 열심히 일할게요, 사장님. 대박 날 겁니다."

나는 시치미를 뚝 떼고 차분하게 말했다. 다음달부터 얼마나 더 받을지 재빠르게 머리를 굴렸더니 배가 고프지 않았다. 발걸음이 가벼워 학원까지 날아갈 것 같았다.

"아줌마, 쭌이 된장찌개 좀 끓여 줘요. 든든하게 먹어야 학원에서 스터디하지. 가게에 밥이 남아도는데 왜 사 먹어."

나는 걸음을 멈추고 뒤를 돌아보았다.

"검정고시 공부하기 힘들지? 내년에 꼭 검정고시 합격하고 수능 봐야지."

나는 그녀를 빤히 바라보았다. 분명 대학교 휴학생이라고 말했는데 어떻게 알았을까. 입술이 바짝바짝 말랐다. 그녀가 묵직한 종이 가방을 건넸다.

"우리 딸이 보던 영어책이랑 수학책이야. 훑어보고서 괜찮으면 가져가. 처음엔 스무 살이라고 믿었는데 나랑 아줌마도 애 키우는 엄마잖아. 좀 지내고 보니까 고등학생이라는 심증은 있는데 물증이 없었어. 긴가민가하는데 어젯밤에 근처 학원에서 나오는 거 봤어."

"거짓말했는데 왜 안 자르고 월급까지 올려 주세요?"

"난 재능이 없어서 삼류 화가지만 관찰력은 뛰어난 편이야. 쭌이 얼굴을 보니 거짓말은 하지 않을 것 같았고 결정적으로 손이 맘에 들었어. 일을 많이 해 상처가 많고 굳은살도 제법 있었지. 거짓말할 수밖에 없는 사연이 있을 텐데 그것까지 물어보진 않을게."

테이블 위에 놓인 뚝배기에서 찌개가 끓었다. 구수한 냄새를 맡자 배에서 꼬르륵 소리가 났다.

수저를 들고 찌개를 맛보았다. 아리스트 봉이 계란말이와 김을 내 앞에 갖다 놓았다. 그녀를 똑바로 볼 수 없었다. 임금 협상을 하겠다고 얄팍하게 머리를 굴린 걸 그녀가 모를 리 없었다.

"쭌, 왓츠 유어 드림?"

"꿈요? 세계적인 프랜차이즈를 경영할 거예요. 그래서 아르바이트도 요식업계에서만 하고 있고. 다음에는 외국인들이 많이 찾는 카페에서 일하고 싶어요."

"알바를 하면서 배우는 것도 중요하지만 체계적으로 공부해야 더 잘할 수 있어. 손님이 없을 땐 스터디해도 좋아."

청계천에서 루미나리에 축제(전구 등의 전기 조명을 이용한 조명 건축물 축제.)가 열렸다. 형형색색의 불빛이 지나가는 사람들을 붙잡았다. 알바가 끝나 학원에 가는 동안 종로 거리에서는 크리스마스 캐럴이 흘러나왔다. 일주일만 지나면 해가 바뀌었다.

송년회 준비로 요식업계가 가장 바쁠 때였다. 꿈의 궁전도 정신이 없었다. 단체 손님이 많아 며칠 동안 연장 근무를 했다.

예약 때문에 손님과 언성을 높이는 일도 많았다. 예약을 하고 나타나지 않거나, 갑자기 단체로 와서 자리를 달라고 했다. 숏다리 아저씨가 외국인 VIP 삼십 명을 예약했다. 외국인들과 대화를 해 볼 수 있는 절호의 기회였다. 나는 그 예약에 신경을 썼다.

여기저기에서 생맥주를 달라고 외쳤고 주방에서는 안주가 나왔다고 나를 찾았다. 아줌마는 혼자서 돈가스를 튀기고 골뱅이 무침을 만드느라 정신이 없었다. 아리스트 봉까지 주방에 들어가 고무장갑을 꼈다. 붓을 들고 있을 때보다 훨씬 잘 어울렸다.

"사장님. 양념 치킨, 김치 빈대떡, 이런 걸 그려 보세요. 피카소의 뒤를 잇는 천재 화가가 되지 않을까요? 피카소는 입체파, 사장님은 야식파의 선구자!"

너스레를 떨자 주오일 아줌마가 눈물이 나도록 웃었다.

아리스트 봉 대신 계산을 하는데 숏다리 아저씨가 왔다. VIP룸의 문을 열어 보더니 세팅이 흡족한지 주머니에서 만 원짜리 지폐 한 장을 꺼내 팁으로 줬다. 나는 속으로 '인 마이 포켓(in my pocket)!'을 외치며 돈을 주머니에 넣었다. 피곤함이 싹 사라지며 온몸이 가뿐해졌다. 만 원의 행복이었다.

"중요한 손님들이 오니까 잘 좀 해 줘. 김 매니저, 여기에 양주 시바스리갈은 없지?"

매니저라는 말을 듣자 내 어깨에 힘이 들어갔다. 아저씨가 통화를 하며 메모지에 양주 이름을 받아 적었다. 그 뒤 지갑을 찾더니 얼굴색이 변했다.

"큰일이네! 양주를 사야 하는데 지갑이랑 회식비 봉투를 사무실에 놓고 왔어. 준이 씨, 삼십만 원만 빌려 줄 수 있어? 우리 회사 미스터 토미가 곧 가지고 올 거야."

"제가 사다 드릴게요. 길 건너편에 양주 전문 매장이 있어요."

"김 매니저는 바쁘잖아. 손님이 까다로워서 내가 골라야 해. 바로 갚을게."

그는 다급한지 자꾸 시계를 보았다. 외국인 손님들만 잘 챙겨도 대박 날 것 같아 거절할 수 없었다. 나는 서랍 밑에 숨겨진 수표 세 장을 꺼냈다.

"지갑을 안 가져와서 신분증이 없는네. 현금이 편하잖아."

아리스트 봉과 의논을 하려는데 손님이 나를 불렀다. 주방에 갈 시간이 없었다. 나는 대수롭지 않게 현금을 건넸다. 아저씨는 돈을 받고 고맙다는 말도 없이 밖으로 나갔다. 계단을 오르다 넘어졌지만 아프지도 않은지 바람처럼 사라졌다.

아저씨가 떠나고 이십 분이 지났다. 미스터 토미는커녕 톰소여의 친구들도 오지 않았다. 다른 손님들이 계속 들어와 자리를 찾았다. 예약이 되어 있다고 말하고 돌려보냈다.

삼십 분이 지났다. 아저씨는 오지 않았다. 날아오는 돌멩이에 머리를 맞은 듯 아찔했다. 아저씨에게 전화를 하려고 했지만 전화번호도, 이름도 몰랐다.

그는 나타나지 않았다. 사기꾼을 알아보지 못한 내가 싫어서 머리를 쥐어박았다. 삼십만 원을 내 월급으로 갚아야 할 텐데, 마음이 착 가라앉았다. 눈치가 빠르다고 생각했는데 헛똑똑이 인증을 했다.

"쭌, 예약 손님한테 전화해 봐. 캔슬된 거 아니야?"

"사기당했어요. 양주를 사 오겠다고 해서 삼십만 원을 빌려 줬어요."

눈물이 날 것 같아 두 눈에 힘을 줬다. 만 원에 정신을 홀딱

빼앗긴 내가 원망스럽고 부끄러웠다. 나는 주머니에 손을 넣고 지폐를 구겼다.

"내 아트 세계를 처음으로 알아준 소울 메이트였는데. 예술적 영혼을 배신하다니."

그녀가 칼로 닭 가슴살을 내려쳤다. 칼날이 불빛에 번쩍거렸다.

"삼십만 원짜리 과외 받은 셈 쳐. 옆에서 아무리 좋은 가르침을 줘도 직접 겪지 않으면 절대 알 수 없지."

아줌마가 사기꾼을 안주 삼아 생맥주를 벌컥벌컥 마셨다. 나도 원샷으로 들이켰다. 그러고는 팁으로 받은 만 원을 잘 펴서 계산대에 넣었다.

3

뼈아픈 반성을 하며 새해를 맞이했다. 사기를 당한 뒤 스스로 근신 처분을 내렸다. 박탈당한 프로 알바 자격을 회복할 때까지 우쭐대지 않기로 했다.

며칠 동안 폭설이 내렸다. 지하철의 문이 얼어서 닫지 못한 채 운행을 했고, 옆 빌딩에서는 동파 사고가 나서 물이 뿜어졌다. 날씨가 추워지니 손님이 절반으로 줄어 한가했다. 남는 시간에 아티스트 봉은 전시회 준비를 했고 나는 수학 공부를 했다.

수학책을 계산대에 펼쳐 놓으면 잠이 쏟아졌다. 종이에 수면

제 성분이 들어 있는 게 분명했다. 허벅지를 꼬집으며 수학책을 보았다. 두뇌 회전이 멈춘 듯 멍했다. 돈 계산, 이자 계산은 쉬운데 왜 수학 문제는 어려울까.

편의점에서 오렌지 주스를 샀다. 화창한 날씨였다. 걸음을 멈추고 주변을 둘러보았다. 거리에 쌓인 눈이 조금씩 녹기 시작했다. 오랜만에 보는 햇살에 사람들의 얼굴이 밝았다.

점심시간에 손님이 제법 많을 것 같아 서둘러 가게로 향하는데 전경 버스가 연달아 들어왔다. 뒤이어 농민들을 태운 버스가 줄을 이었다. 종각 입구부터 교통 통제가 시작되어 사거리는 살풍경했다. 집회가 열리면 장사가 잘 되거나 아니면 일찍 문을 닫아야 했다.

방석모와 진압복을 입은 의경들이 광화문에 깔렸다. 의경들의 얼굴은 무표정했다. 가게 계단에 앉아 대기를 하는 소대도 있었다. 다른 쪽에서는 머리에 빨간 띠를 두른 농민들이 시위 준비를 하고 있었다. 분위기가 살벌했다.

열두 시가 됐지만 손님이 없었다.

"오늘은 장사 접자. 난 전시회가 있어서 먼저 가니까 마무리하고 가라."

아리스트 봉이 액자를 들고 총총히 사라졌다. 아줌마와 간단하게 점심을 먹고 가게 정리를 하고 있었다. 문이 열렸다. 할아버지들이 들어와 화장실을 찾았다. 다들 이마에 주름살이 깊이 패고 귓불이 빨갛게 달아올라 있었다.

"여기 뜨슨 국물은 안 팝니꺼? 밥 쪼까 묵고 싶은데."

화장실에서 나온 할아버지가 바지 지퍼를 올렸다.

"돈가스랑 치킨, 생맥주만 팔아요. 건너편에 식당 많아요."

"가까븐데 다 문 닫아 뿌러서 김밥 무야 하나?"

집회 상황이 어떻게 돌아가는지 보려고 밖으로 나갔다. 차가 지나가지 않아 대로를 가로질러 교보문고 쪽으로 걸어갔다. 할아버지가 편의점으로 들어갔다. 추운 날, 낯선 서울에 올라와 차가운 김밥을 꾸역꾸역 먹는 걸 보니 안쓰러웠다.

의경들이 이순신 장군 동상 앞에 방어선을 쳤다. 농민들은 깃발을 들고 생존권 보장을 외쳤다. 할머니, 할아버지들도 목에 핏대가 서도록 함성을 질렀다. 구부정한 몸에서 어떻게 저런 목소리가 나오는지 그 간절함에 내 마음도 흔들렸다.

농민들의 힘찬 목소리가 광화문 사거리에 메아리쳤다. 그럴수록 의경들의 행동도 빨라졌다. 거리 행진을 하려는 농민들과 방패를 들고 일렬로 서서 가로막는 의경들 사이에 몸싸움이 벌어졌다.

시간이 지나면서 짙은 구름이 해를 가려 저녁이 된 것처럼 어두워졌고 바람이 차가웠다. 시위대나 의경들 모두 춥기는 마찬가지였다.

입간판을 치우고 가게로 돌아왔다. 아줌마는 주방 청소를 깔끔하게 끝냈다. 나는 학원에 가기 전까지 밀린 공부를 하려고 계산대에 앉았다.

"고시원에 가도 뭐 할 게 있어야지? 저녁이나 먹고 가자. 난 한숨 잘게."

아줌마는 베개를 챙기고 소파에 편안하게 드러누웠다.

문제 풀이를 하는데 머리에 쥐가 날 지경이었다. 커피를 한 잔 마시려고 일어났다.

때마침 가게 문이 활짝 열렸고 할아버지와 할머니들이 들어왔다. 시위가 끝났는지 거리가 조용해졌다.

"여기 밥 좀 파소. 배가 고픈데 마땅히 먹을 데가 없네."

할머니가 목도리를 풀면서 소파에 앉았다. 누구보다 열성적으로 구호를 외치던 할머니였다. 편의점에 가서 컵라면에 김밥을 사 먹으라고 매정하게 말할 수 없었다. 나는 온풍기의 온도를 높이고 할머니에게 따뜻한 물을 건넸다. 할머니는 두 손으로 컵을 쥐고 온기를 느꼈다.

광화문에서는 집회가 많이 열렸다. 그럴 때마다 가게 문을 닫으면 손해가 컸다. '위기는 기회!'라는 말을 생각해 보았다. 집회 마케팅이 떠올랐다. 자신이 있었지만 섣부른 판단으로 낭패를 볼 수 있어서 아줌마의 의견을 듣고 싶었다.

나는 아줌마를 불렀다. 아줌마가 주섬주섬 일어나 입에 묻은 침을 닦았다.

"수제비 잘하세요? 농민들한테 수제비를 파는 건 어때요? 어차피 손님도 없잖아요."

"수제비 끓이는 건 어렵지 않은데 엘레강~스 봉이 알면 입에 거품을 물겠지? 그게 뭔 상관이야. 우린 프로니까 잘리진 않을 거야."

아줌마와 나는 하이파이브를 하며 사고 칠 준비를 서둘렀다.

할머니는 꿈의 궁전 일일 홍보 대사로 활동을 했다. 농민들에게 수제비를 싸게 판다고 알리자 사람들이 몰려들었다. 가게에서는 느끼한 기름 냄새 대신 구수한 냄새가 진동을 했다.

손님들이 자리에 앉았다. 나는 큰 그릇에 수제비를 담았고 아줌마는 신 김치를 숭덩숭덩 썰었다.

"나도 수제비 좀 주소! 아따, 서울 날씨 엄청 춥네."

아저씨들이 장갑을 벗으며 들어왔다. 금세 가게가 시끌벅적했다. 아줌마가 식은 밥을 퍼서 공짜로 줬다. 손님들은 수제비 국물에 밥을 싹싹 비벼 맛나게 먹었다.

처음 만난 할머니들은 몇 마디 나누다가 친해져 고향 자랑을 시작했다. 부산 할아버지는 광주로 시집간 딸의 이야기를 꺼냈다. 그러자 구석에 앉아 있던 광주 할아버지가 반갑게 알은체를 했다. 다들 몇 년 만에 만난 친구들처럼 정이 넘쳤다. 정신이 없었지만 흥거웠다.

"화장실 좀 사용할게요."

의경들이 가게 문을 열고 한 줄로 들어왔다. 그들을 본 할머니들이 입을 다물었다. 분위기가 싸늘해졌다. 의경들도 머쓱해서 돌아가려고 했다.

"사람 수가 많으니 여자 화장실도 사용해요. 이럴 때 아니면 언제 여자 화장실에 들어가 보겠어요?"

나는 호들갑을 떨며 화장실 문을 열었다.

볼일을 마친 의경들이 밖으로 나가려는 참이었다. 맨 뒤에 서 있는 의경이 콧물을 훌쩍이며 수제비 냄비를 흘깃거렸다.

"잘 사용했습니다."

선임 의경이 대표로 인사를 했다. 표준어를 썼지만 심한 경상도 억양이었다. 그 말을 들은 할아버지가 헛기침을 했다.

"저기, 집이 경상도 어데야?"

"부산인데예."

머뭇거리던 선임이 후임들의 눈치를 보며 말했다.

"내도 부산인데. 우리 손자도 지금 육군에 가 있어가, 의경들 본께 금마 생각나네. 점심은 했는가? 내 수제비 값 보탤 텐께, 의경들도 밥 좀 주소."

할아버지가 나를 향해 손짓을 했다. 선임 의경이 친할아버지를 만난 것처럼 다정하게 인사를 했다. 그러자 후임들이 기다렸다는 듯이 자리에 앉았다.

의경들은 배가 고팠는지 수제비 한 그릇을 금방 해치웠다.

경상도, 전라도, 충청도 사투리가 왁자지껄했다. 안경을 쓴 할머니가 수저를 들고 노래를 불렀다. 그러자 할아버지가 홀에 나와 춤을 췄다. 의경들도 긴장을 풀고 어르신들과 편안하게 이야기를 나누었다. 사거리에서의 대치는 잊고 마을 잔치 분위기가 되었다.

식사를 마칠 무렵, 나는 국자로 빈 냄비를 두드렸다. 그제야 조용해졌다.

"지역 방송은 잠시 끄고 중앙 방송을 시작합니다. 드림 팰리스의 미스터 준입니다. 오늘 전국에서 모이셨는데 서울 방문 기념으로 커피와 녹차를 쏠게요. 꿈의 궁전, 많이 홍보해 주세요."

말이 끝나기 무섭게 박수가 터져 나왔다. 소리가 너무 커 귀가 따가웠다. 나는 커피와 녹차를 준비했다.

"오호, 노우! 왓 헤픈!"

그때였다. 아리스트 봉이 문을 열고 소리를 질렀다.

손님들은 그녀가 뭐라고 하든 신경도 쓰지 않고 잔치 분위기를 이어 갔다. 나는 그녀의 팔을 꼭 붙잡고 차근차근 이야기했다. 아리스트 봉은 가게를 둘러보았다. 이제 완전 찍혔구나! 그녀가 뭐라고 할지 가슴이 두근거렸다. 어떤 불호령이 떨어져도 달게 받을 각오를 했다. 말없이 서 있던 그녀가 수제비를 떠 먹었다.

"국물이 참 시원하네. 쫀! 사고 한 번 제대로 쳤구나. 내가 장담하는데 넌 분명 크게 될 거야. 우리 부모님 같은 분들인데 수제비는 공짜다."

4

입춘이 지났다.

얼었던 청계천이 녹았고 사람들의 옷차림이 가벼워졌다. 천천히 봄이 오고 있었다. 하지만 경제는 아직도 한겨울이었다. 이층에 있던 낙지볶음 가게가 문을 닫았다.

꿈의 궁전에서 네 번째 월급을 받는 날이있다.

"망해 가는 가게를 살려 줘서 고마워. 덕분에 돈을 제법 벌어서 이 층으로 옮기기로 했어. 거기는 창밖도 잘 보이고 잘 꾸미면 전시회도 할 수 있을 거야."

아리스트 봉의 얼굴에도 봄이 왔다.

"축하해요. 사장님이 잘해 주셔서 맘껏 일할 수 있었죠."

"쭌. 이제 정식으로 드림 팰리스 매니저야. 한번 잘해 보자고."

아리스트 봉이 손을 내밀었다. 나는 그 손을 잡을 수 없었다. 그녀를 배신하는 것 같아 마음이 불편했지만 어쩔 수 없었다. 꿈의 궁전에서 계속 일하면 편하고 월급도 더 많이 받을 수 있었다. 그 점이 불편했다. 너무 익숙해서 떨림이 없었다.

"사장님, 전 이제 다른 곳으로 가려고요. 넉 달 동안 레스토랑 경험도 했고 이젠 외국인들이 많이 찾는 카페에서 일하고 싶어요. 영어도 배울 수 있고. 제 꿈이 뭔지 아시죠?"

"계획이 확실하니까 붙잡지는 못하겠네. 친구가 서래마을 근처에서 조그마한 카페를 하는데 소개시켜 줄게. 프랑스 사람들이 많이 사는 동네라 도움이 될 거야. 저녁에 학원 갈 때는 꼭 가게에 와서 밥 먹고. 알았지?"

그동안 정이 많이 들어 가슴이 먹먹해졌다. 내 알바 인생에서 가장 기억에 남는 곳이고, 사장님이었다. 그만둘 때는 집을 떠나는 기분일 것이다.

일을 마치고 밖으로 나왔다. 빌딩 입구에 시멘트, 목재 따위가 쌓여 있었다. 이 층을 올려다보았다. 환하게 불을 켜고 그녀가 인테리어 계획을 세우느라 바쁘게 움직였다. 얼마나 아름다운 갤러리 겸 카페가 될까. 창가 자리에 앉아 석양을 보며 차 마시는 모습을 떠올렸다.

『알바학 개론』의 레스토랑 편을 쓸 준비를 마쳤다. 이제 카페 편을 쓸 차례다.

학원 수업이 없는 날이라 곧장 집으로 가려고 정류장에서 버스를 기다렸다. 안내판을 보니 서래마을행 버스가 있었다. 그곳 카페 분위기가 어떤지 살펴보고 싶었다. 나는 서래마을로 향하는 버스를 기다렸다.

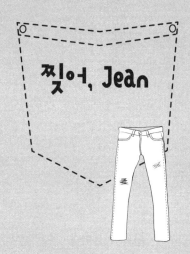

찢어, Jean

알람이 울렸다. 나는 벌떡 일어나 욕실로 향했다. 머뭇거릴 시간이 없다. 늦잠을 즐기는 귀차니스트는 절대 꽃남이 될 수 없다. 외모는 돈과 시간을 투자한 만큼 효과가 있다고 믿는 1인이 바로 여기에 있다.

기지개를 펴며 욕실 문을 열다가 다시 방으로 들어갔다. 꽃남 필수 아이템인 세안제를 깜빡 잊고 있었다. 어제 구입해 처음 사용할 순간이었다. 떨렸다! 세안제는 남성 전용 제품으로, 우유와 쌀뜨물 성분이 듬뿍 들어 있어서 미백과 보습에 탁월했다.

샤워를 하고 손에 세안제를 풀었다. 거품이 일어나자 얼굴에 발라 꼼꼼하게 씻었다. 그러고는 엄지손가락으로 마사지를 하듯 티존(T-Zone) 부분을 가볍게 눌러 혈액 순환을 시켰다. 살짝 아팠지만 상쾌했고 투명한 피부가 된 것 같아 거울을 보며 흡족한 미소를 지었다.

"사내 녀석이 계집애보다 더 오래 욕실에 처박혀 있어."

아빠의 목소리와 말투를 듣고 있으면 '새 아침이 밝았네!'하는 새마을 운동 노래가 떠올랐다. 나는 문 쪽으로 눈을 흘기며 세안제를 수건 상자 안에 숨겨 놓았다. 세안은 물론 머리까지 비누로 감는 아빠에게 세안제를 쓰는 아들은 과소비와 환경 파괴의 주범으로 척결의 대상일 것이다.

방에 들어와 헤어드라이어로 머리를 말렸다. 머리에 습기가 많으면 머리카락이 빠져 대머리가 될 수 있다. 올림픽 경기장처럼 넓어지는 아빠의 이마를 보고 있으면 걱정이 태산이었다. 그놈의 탈모 디엔에이(DNA)가 유전될 가능성이 컸다. 이참에 탈모 방지 샴푸로 바꿔야겠다.

옷장에서 교복을 꺼냈다. 스타일리쉬하지 못한 교복을 보면 마음이 답답해졌다. 진한 회색 바지는 일 년 사이에 색이 바랬고 통이 넓어져 바람이 불면 한복 바지처럼 보였다. 다행히도 이 학년이 되면 선배들 눈치를 보지 않고 바지통을 줄일 수 있다. 문제는 선생님이 아니라 아빠다. '단정한 복장, 올바른 정신' 우렁찬 구호 소리에 벌써부터 귀가 따갑다.

가방을 챙기고 식탁에 앉았다.

"역시 교복이 최고야! 우리 아들은 교복 입으면 연예인 같아."

까칠한 농촌 남자, '까농남' 우리 아빠가 멋지다고 하면 그것은 촌티 인증이었다. 대학생이 되어도 교복을 입고 다니라고 할 사람이었다.

"이번 설에는 스타일 죽이는 케주얼 징장 한 벌 사 줘. 교복 입고서 큰집에 가기 싫어."

"명우는 유행에 맞춰서 입고 오는데 한울이만 교복 입고 가면 창피하죠. 케주얼 정장 사 주면 대학에 가서도 쭉 입잖아요."

역시 엄마는 든든한 응원군이었다.

나는 동갑내기 사촌인 명우가 부럽다. 녀석은 재킷에 청바지를 입고 머리에 왁스를 발라 폼 나게 꾸미고 큰집에 왔다. 난 아빠 앞에서 머리에 왁스를 발라 본 적이 없다. 아빠에게 왁스는 번쩍번쩍 광이 나도록 바닥에 바르는 것이다.

"학생이 교복 입는 게 어때서? 아빠는 고등학교 중퇴해서 교복도 제대로 못 입었어."

또 시작이다. 중퇴할 때가 떠올라 눈물이 앞을 가리는지 아빠는 멈칫거렸다.

열여덟 살 때의 아빠 모습이 보고 싶어 앨범을 뒤져도 그때 사진은 한 장도 없었다. 사진을 찍기 힘들 정도로 가난했나 보다. 자퇴를 하고 일을 시작한 아빠를 생각하면 순간 마음이 아프지만 너무 자주 이야기해 짜증이 날 때가 더 많다. 아빠는 시대가 변한 것을 모른다.

엄마도 아빠 못지않게 가난했는지 두 사람은 고교 중퇴 커플이다. 학교를 관두고 일을 하다 만나서 결혼까지 했다.

"작은 아빤 대학원까지 나왔는데 왜 아빠만 중퇴했어? 할아버지가 차별한 거야?"

"아, 그건 말이지…… 아빠가 형이니까 희생한 거야. 그래도 포기하지 않고 검정고시 통과해서 공무원 시험도 합격했잖아."

아빠의 울적한 기분도 잠깐이었다. 어깨를 으쓱거리며 9급 공무원 합격기를 무용담처럼 떠벌렸다.

"아빠가 공무원 됐을 땐 대통령이 된 것보다 더 좋았어. 고교 중퇴해서 공무원이 되는 게 얼마나 어려운데. 그리고 착실하게 일해서 곧 과장도 될 거잖아."

엄마까지 합류해 그때의 감동을 생생하게 전했다. 누가 들으면 사법고시 합격자로 착각할 것이다. 못 말리는 커플임에 틀림이 없다.

아빠는 타고난 공무원 체질이었다. 한 달에 한 번 짧게 이발을 하고 옷은 단정하게 입었다. 내게도 공무원 자녀의 자세를 강요해 짧은 스포츠머리를 고집했다. 아빠와 함께 살면 대학에 가도 염색 한 번 못할 것이다. 엄마의 삶도 나와 크게 다르지 않다. 옆집 아줌마들은 염색, 스트레이트파마를 해서 예쁘게 꾸미는데 엄마는 365일 단발머리다.

동네 아줌마들은 아빠를 '훈장님'이라고 불렀다. 엄마는 당연히 '마님'이었다.

"교복 입기 싫으면 한복 입어. 명절인데 한복 입는 게 당연하지."

훈장님의 전통문화 수호 정신에 눈물이 날 지경이었다. 밥이 목구멍으로 내려가지 않았다. 밥을 안 먹고 학교에 가면 또 훈장님의 회초리 같은 잔소리를 들어야 하는 비극적인 운명. 훈장님께서 양치를 하는 사이 빵을 챙겨 도망칠 준비를 했다.

생각해 보니 용돈이 없었다. 나는 엄마의 지갑을 열었다. 오천 원밖에 없었다.

"지갑 안에 비상금이 있을 거야. 이만 원만 가져가."

엄마가 와이셔츠를 다리며 말했다. 지갑 안을 뒤적였다. 꾸깃꾸깃 접힌 만 원짜리 몇 장과 명함만 한 빨간 종이봉투가 나왔다. 열어 보려고 하자 엄마가 다리미를 든 채 뛰어와 봉투를 낚아챘다. 다리미가 뜨거워 나는 뒤로 물러났다.

"부적이야. 학생은 이런 거 보면 안 돼."

교문 앞에는 꽃다발을 파는 아줌마들로 북적거렸다. 오늘은 졸업식이다. 교훈 탑 앞에서 사진을 찍는 졸업생들이 많았다. 이 년 뒤에 나도 졸업을 한다. 가슴이 설레었지만 남은 시간이 이백 년처럼 길게 느껴졌다.

선배들과 사진을 찍기 직전이었다. 꾸미지 않은 쌩얼로 사진을 찍는 것은 카메라에 대한 예의가 아니었다. 나는 '잠깐만!'을 외치며 사물함에 있는 꽃남 프로젝트 상자를 가지고 화장실로 뛰어갔다. 상자에서 왁스를 꺼내 머리에 바르고 비비크림으로 얼굴의 잡티를 감췄다. 마지막으로 흰색 패션 안경을 썼다.

며칠 전 백화점에 갔을 때 엄마를 졸라 안경과 캐주얼 재킷을 샀다. 엄마가 카드로 물건을 사면 아빠에게 결제 금액이 문자 메시지로 날아갔다. 예상치 못한 금액에 놀란 아빠가 눈에 불을 켜고 영수증을 확인해 안경을 적발했다. 시력 보호 및 집중력 향상 안경이라고 둘러댄 우리 모자, 구사일생으로 목숨을 건졌다.

동아리 형, 누나들과 교문 앞에서 사진을 찍었다.

"누나, 형. 정말 멋져! 길에서 보면 못 알아보겠어."

너스레를 떨었지만 빈말이 아니었다. 누나는 더 이상, 펑퍼짐한 교복 치마 속에 체육복을 입고 복도에서 말뚝박기를 하던 그녀가 아니었다. 미니스커트에 가죽 부츠를 신은 꽃미녀였다. 이렇게 예쁜 줄 알았다면 먼저 사귀자고 말했을 거다. 입시 바이러스가 사람을 황폐하게 만든다는 것을 그녀들이 증명했다.

형은 가죽 재킷에 찢어진 청바지를 입었다. 큰 교복 재킷을 걸치고 어리바리하게 담배를 피우다 걸려 학생부장한테 욕을 먹던, 찌질한 그 인간이 아니었다.

추위로부터 몸을 보호하는 기능만 강조된 교복이 한심해 보였다. 이놈의 교복은 그녀들의 잘록한 허리를, 형의 긴 다리를 감추도록 의도적으로 디자인된 것이다. 교복도 세계적인 '패션 디자이너' 선생님이 고딩들의 몸매를 생각해 만들어야 한다.

기약 없는 그날을 기다리느니 세탁소에 맡겨 내 몸에 맞게 자체적으로 리폼해야겠다.

졸업식이 끝났다.

형, 누나들은 호프집에서 뒤풀이를 했다. 마지막까지 쫓아가 축하해 주는 것을 후배의 도리라고 알고 있는 1인으로서 모른 체 할 수 없었다. 집에 가서 청바지와 점퍼로 갈아입고 호프집에 갔다.

"오늘은 단속이 심하거든. 민증은 내 친구 걸로 해."

형이 친구의 주민등록증을 빌려 주었다. 민증 주인과 내 얼굴이 너무 달라 백내장 수술을 한 할머니도 눈치를 챌 수 있었다. 어디서 뚱뚱한 친구의 민증을 빌려 왔는지 기가 막혔지만 시간이 없었다. 차라리 볼펜으로 내 민증의 민번을 조작하는 게 나을 뻔했다.

주문을 하자 아르바이트생이 신분증을 보여 달라고 했다. 형과 누나들은 당당하게 신분증을 꺼냈다. 나도 자연스럽게 민증을 보여 줬다. 알바생은 내 얼굴과 민증 사진을 보더니 고개를 갸우뚱거렸다. 만약 그냥 넘어갔다면 오히려 나는 절망했을 것이다. 민증 속 뚱땡이, 아니 좋게 말해 덩치남과 내가 닮았다는 뜻이니까.

"주민등록번호가 어떻게 되세요?"

알바생이 물었다. 너무 급하게 외워 내 번호와 헷갈렸지만 다행히도 정확히 말했다. 알바생은 미심쩍은지 민증에 나온 주소를 물어보았다. 나는 허탈하게 웃으며, 술 냄새도 안 맡고 착하게 앉아만 있겠다고 사정을 했다. 알바생은 당장 나가지 않으면 경찰을 부르겠다고 엄포를 놓았다. 혼자서 호프집을 나오며 내가 아는 모든 욕을 중얼거렸다.

네 시가 조금 넘었다. 친한 녀석들은 모두 범생이들이라 학원에 갔는지 전화를 꺼 놓았다.

집에 가기 싫었다. 칼퇴근하는 훈장님은 내가 한가하게 텔레비전을 보거나 게임을 하는 꼴을 못 본다. 아빠가 청소를 하면 내 몫은 설거지였다. 끝나면 우유 팩을 씻어서 말리고, 빨래를 널어야 한다. 가끔 허리가 쑤셨다. 일이 끝나면 아빠의 삼엄한 감시 아래 공부를 해야 한다.

내가 책상에 앉아 있을 때 훈장님도 내 옆에서 공부를 한다. 아빠는 그동안 셀 수 없이 많은 자격증을 따 시청에서는 유명 인사였고 지난해 방송통신대학교를 졸업했다. 공부에 한이 맺힌 사람처럼, 술도 끊고 담배도 피우지 않으며 열심히 해 장학금도 받았다. 대학교 졸업식 날 엄마는 기념사진을 찍으며 눈물까지 흘렸다.

훈장님은 지금 야간 대학원에서 석사 논문을 준비하고 있다. 모범적인 캐릭터라서 흠잡을 데 없는 우리 아빠. 반항할 핑계가 없어 나도 엄마처럼 순응하며 살고 있다.

뭘 할까 망설이다가 명동으로 향했다. 용돈이 궁해 명동 투어를 하지 못했고, 그래서 패션 감각이 많이 떨어져 위기감을 느끼고 있었다.

평일이었지만 명동에는 사람이 많았다. 저녁 장사를 준비하는 노점상 형들의 손길이 바빠졌다. 쌀쌀한 바람이 불었지만 사람들이 뿜어내는 열기에 불끈불끈 힘이 났다.

배가 고파 핫도그를 사서 한 입 베어 물었다. 대학생으로 보이는 형이 내 앞을 지나갔다. 검은색 코르덴 바지에 검은색 정장 구두, 올 블랙이었다. 거기에 직장인용 서류 가방을 크로스로 멨다. 종로 3가 탑골공원 근처에 출몰하는 '도를 아십니까?' 패션이 명동에 상륙한 것이었다. 유행 안티 세력들이 명동까지 진출하는 슬픈 상황을 생각하니 핫도그가 얹혔다. 손바닥으로 가슴을 쓸어내렸다. 뛰어가 훈남 코디법을 말해 주려다 참았다. 그들이 있어야 패셔니스타들이 빛나는 법이다.

이월 중순이라서 쇼윈도에 봄옷들이 진열되었다. 옷가게 창문에 나를 비추어 보았다. 영락없는 고딩이었다. 패션도 전략인데 관리를 너무 안 했다. 반성을 하며 명동을 둘러보았다. 사고 싶은 게 정말 많았다. 신상품 백팩, 꽃남 화장품 세트, 멋진 단화, 모자까지. 돈이 없을 때 아이쇼핑은 고통이었다.

쇼핑 아이템을 기억하며 명동 한복판에 들어섰다. 모델들이 화보를 찍고 있었다. 그 둘레로 사람들이 몰려들었다. 나는 사람들 사이를 비집고 들어가 가장 앞에서 구경을 했다.

찢어진 청바지를 입고 포즈를 취하는 누나들의 몸은 예술이었다. 허리는 잘록했고 다리는 길었다. 형들도 만만치 않았다. 다들 키가 185센티미터가 넘었고 상체는 역삼각형이었다. 몸매 종결자였다. 무엇보다 찢어진 청바지가 형과 누나들의 몸매를 더욱 빛나게 해 주었다. 찢어진 청바지에 대한 열망이 후끈 달아올랐다.

아빠는 방에 있었다. 가끔 사무실에서 노트북을 가지고 와 못 끝낸 일을 하곤 했다. 마님은 훈장님에게 드릴 차를 끓이고 있었다. 나는 접시에 놓인 떡을 집었다.

"엄마, 나 청바지 사 줘."

"모의고사 성적이 올랐으니까 사 줄게. 더 열심히 해."

"내가 직접 살 테니 돈만 줘. 엄마가 고른 청바지는 구려."

엄마가 사 준 청바지는 통이 넓어서 입으면 다리가 짧아 보인다. 그리고 발목 부분을 잘라 바짓단을 접어 80년대 느낌이 난다. 비싼 청바지 브랜드에 가도 마님은 386청바지만 찾았다. 훈장님이 배후에서 지시를 한 것이다.

엄마도 젊었을 때는 패션 감각이 뛰어났다. 증거 자료로 내민 사진을 보니 미스코리아들만 한다는 폭탄 파마를 하고 어깨를 돋보이게 하는 '어깨 뽕'을 넣은 재킷과 파란색 나팔바지를 입었다. 자칫 촌스러울 수 있는 파란색을 소화해 한층 돋보이게 만드는 힘이 몸매에 숨겨져 있었다. 젊은 날, 유행 선각자였던 그녀의 감각이 3·1 운동 즈음으로 후퇴한 이 상황에 나는 절규

했다. 마님으로 살면서 훈장님의 패션 트렌드에 전염된 것이다.

"찢어진 청바지가 사고 싶어."

"찢어진 청바지? 잘 됐네. 네 청바지 낡아서 버리려고 했는데 그거 찢어서 입고 다녀."

나는 엄마의 말이 끝나기 무섭게 낡은 청바지를 가지고 왔다. 너무 오래되어 청색이 하늘색으로 변했다. 그 청바지를 찢어서 입으면 서울역 노숙자처럼 보일 거다. 나는 '넝마주이'를 꿈꾸는 '자유주의 고딩'이 아니었다.

"돈 벌어서 사. 그런데 돈 버는 조건이 있어. 나쁜 짓해서 돈 벌지 않기, 공부에 방해되지 않도록 하기, 게임 아이템 팔아서 돈 벌지 않기, 마지막으로 아빠한테 걸리지 않기."

엄마가 안방을 보며 내 귀에 속삭였다.

차가 끓었다. 혹시나 아빠가 허락을 해 주지 않을까 기대를 하며 찻잔을 들고 안방 문을 두드렸다. 대답이 없었다. 문이 잠겨 있었다. 아빠는 노트북을 가지고 와 일을 할 때마다 문을 잠갔다. 국가의 기밀 서류라서 어쩔 수 없다고 했다.

삼 학년이 되지도 않았는데 교실은 기숙형 입시 학원 분위기였다. 사물함에 슬리퍼와 담요, 방석을 넣어 놓고 수험생 모드로 돌입하는 아이들이 많았다. 점심시간이 되면 토막 잠을 자느라 교실에 커튼을 쳤다. 만약 한 놈이 방귀라도 뀐다면 방독면 없이 화생방 훈련을 하는 셈이었다.

"버릴 문제집, 참고서는 쓰레기장으로 가지고 오세요."

스피커에서 환경부장 쌤의 목소리가 들렸다. 아이들이 문제집, 참고서를 들고 쓰레기장으로 갔다. 버릴 문제집들이 내 사물함에도 몇 권 있었다.

쓰레기장에는 선배들이 버린 문제집, 참고서가 산더미였다. 버려진 책을 보니 리어카를 끌고 다니며 폐지를 줍는 할머니가 떠올랐다. 폐지 수거차가 가져가기 전에 손을 써야 했다. 인당수에 몸을 던진 심청이 누님처럼 나도 참고서의 바다에 풍덩 빠졌다. 공부 못하는 녀석들의 문제집을 집중 공략했다. 녀석들은 문제집 앞에 낙서만 할 뿐 풀지 않아 새것이나 마찬가지였다.

십 분이 지났다. 한쪽에 쌓인 문제집과 참고서는 팔십 권이었다. 그 중에서 오십 권을 마대에 담아 창고 구석에 숨겨 놓았다.

수업이 끝나자마자 마대를 택시에 싣고 헌책방으로 갔다.

"정말 좋은 문제집 가지고 왔어요."

아저씨가 문제집을 꼼꼼하게 살폈다. 만족스런 얼굴로 계산기를 두드리며 돈을 셌다.

"훔쳐 온 거 아니지?"

"학교 창고에서 주워 왔어요. 집안 형편이 좋지 않아서 급식비를 마련해야 하거든요."

설날 아침이었다.

아빠와 엄마는 변함없이 한복을 입었다. 자주 입었더니 맵시가 나 사극에 엑스트라로 출연해도 될 정도로 어울렸다. 나는 재킷을 입었다. 슬림 스타일이라 몸에 짝 붙어 키가 훨씬 커 보였다.

"교복 입어. 새해 첫날부터 욕하기 싫어."

아빠가 얼굴을 찌푸렸다.

"교장 쌤 댁에 세배드리러 가는 거 아니야. 셔츠도 안 빨았어."

"아빠 와이셔츠 입어. 엄마가 깨끗하게 다려 놨더라."

십 분 동안 아빠를 설득했지만 나와는 대화를 할 생각이 없어 보였다. 아빠의 귀에는 내 말을 수신 거부하는 장치가 들어 있는 게 분명했다. 아빠가 인상을 쓰면 딸꾹질이 나오고 눈치를 보게 된다. 훈장님 공포증이 시작될 조짐이었다.

훈장님이 내 아빠라는 게 너무 싫었다. 상명하복 정신, 이젠 넌덜머리가 난다. 대통령도 소통을 강조하는데 모범 공무원이 왜 지시를 거부하냐고 따지고 싶었지만 참았다. 아빠와 함께 큰집에 가느니 차라리 학교에 가고 싶었다. 언제까지 이렇게 살아야 할지 내 신세가 처량했다.

큰집에서 차례를 지내고 어른들에게 세배를 드렸다.

"형님, 한울이 정장 한 벌 사 줘요. 웬 교복이야?"

작은아빠가 나를 위아래로 쓱 훑어보았다. 훈장님 귀에 내장된 수신 거부 장치가 발동해 대꾸가 없었다.

명우가 창고에서 작은아빠의 졸업 앨범과 사진첩을 가지고 왔다. 동생들이 명우 옆에 둘러앉아 사진을 보며 키득거렸다. 사진첩을 아무리 찾아봐도 아빠의 사진은 단 한 장도 없었다. 아빠가 안쓰러웠다.

"작은아빠는 너무 이기적인 거 아니야? 우리 아빤 학교 중퇴해서 돈 버느라 사진도 못 찍고 고생만 했는데."

"내가 이기적이라고? 그건 또 무슨 소리야?"

작은아빠가 나와 아빠를 번갈아 바라보았다.

"한울아, 기분 좋은 설날에 쓸데없는 소리 하는 거 아니야. 다 지나간 일이잖아."

아빠가 헛기침을 하며 앨범을 구석으로 밀쳤다.

"그러고 보니 형님 사진들만 없어졌어요. 형님이 버렸어요?"

"사진을 왜 버려? 넌 옛날이나 지금이나 사내 녀석이 왜 이리 말이 많아."

아빠가 작은아빠를 노려보았다. 분위기가 싸늘해져 명우가 앨범을 도로 창고에 갖다 놓았다. 설날의 평화가 깨졌고 나와 사촌 동생들은 방으로 들어갔다.

명우가 내 옆에 앉아 휴대 전화로 게임을 했다. 명우는 긴 머리에 왁스를 발랐고 몸에 딱 붙는 청바지에 스타일리쉬한 재킷을 입었다. 훈남 대학생 느낌이 났다. 나는 창피해서 교복 재킷을 벗었다.

"형, 범생이야? 또 교복 입고 왔네."

사촌 동생이 내 찢어진 가슴에 왕소금을 뿌렸다.

"한울이는 애교심이 투철해. 군 생활도 잘할 스타일이야."

명우가 얄밉게 히죽거렸다. 절대 교복을 안 입고 오겠다고 했는데 또 입고 왔더니 양치기 소년이 되었다. 서한울이 패션 리더라는 것을 직접 보여 줄 때가 왔다.

명동에서 가장 유명한 보세 청바지 가게 '똥싼바지'에 갔다.

"날씨가 추워서 찢어진 청바지는 안 나와. 원하는 스타일을 사서 찢어 입어. 넌 몸이 슬림해서 스키니진도 어울리겠네."

"추울 때 찢어진 청바지를 입어야 리얼 패션 종결자죠. 스키니진이 유행인 거 아는데, 찢어진 청바지를 입고 싶어요. 거칠게 찢긴 느낌이 좋아요."

여러 가지 청바지를 입어 보았다. 찢어진 청바지를 잘못 입으면 '빈티'가 난다. 마치 가난해서 찢어진 청바지를 입은 듯 '없어' 보일 수 있다. 진한 청색 바탕에 물이 살짝 빠져 워싱이 들어간 '돌청'을 샀다.

"찢어진 청바지는 몸에 딱 붙어야 어울리는데, 너 바디 라인 죽인다."

옷 가게 형이 감탄을 했다. 다리가 길어 보이고 왠지 당당하게 느껴졌다. 교복 속에 숨어 있던 자신감이 드러났다. 이건 '근거 없는 자신감'이 아니라 '근거 있는 자신감'이다.

집으로 돌아오는 길에 철물점에서 사포를 샀다. 사포의 거친

면을 만져 보았다. 질긴 청바지와 사포가 만났을 때 야성의 느낌이 완성될 것이다.

집에 도착해 훈장님이 있는지 살폈다. 없는 것을 확인하고 현관문을 잠갔다. 그러고는 엄마에게 청바지를 보여 주며 헌책방 영수증도 같이 내밀었다.

"엄만 왜 찢어진 청바지 반대 안 해?"

"피가 물보다 진한데 어떻게 말리겠냐?"

나는 청바지를 앞에 두고 마음의 준비를 했다. 지금 막 새로 산 청바지를 찢어야 한다. 가슴이 두근거렸다. 어느 부분을 찢을까? 어림잡아 무릎 쪽에 볼펜으로 선을 그었다. 엄마도 호기심 가득한 눈빛이었다. 심호흡을 크게 하고 가위를 들었다. 수술을 집도하는 의사처럼 결연하기까지 했다. 그런데 막상 자르려고 하니 손이 벌벌 떨렸다. 잘못 찢으면 청바지 하나를 버리는 셈이었다.

"사내 녀석 심장이 콩알만 해서 어디 쓰겠냐? 내가 할게."

엄마가 가위로 순식간에 청바지를 잘랐다. 그러더니 두 손에 힘을 주고 찢었다. 쫙 찢어지는 순간 가슴이 뻥 뚫렸다. 난생처음 느껴 보는 환희였다. 이번에는 내 차례였다. 나는 볼펜으로 왼쪽 허벅지에 선을 그었다.

"위쪽이라서 팬티가 보일 텐데."

"섹시하잖아. 요즘은 남녀 할 것 없이 섹시 코드야."

가위로 살짝 자르고 손으로 찢었다. 찢을 때의 쾌감이 나를 설레게 했다. 사포로 찢어진 쪽을 살살 밀었다. 천이 약해지며 실밥이 나왔다. 실밥이 자연스러워야 멋지다.

"어느 세월에 사포로 밀어? 포크로 해야 잘 돼."

엄마가 능숙하게 포크로 실밥을 긁었다. 한두 번 해 본 솜씨가 아니었다.

맨살이 보일 듯 안 보일 듯, 스타일 죽이는 찢어진 청바지가 탄생했다. 청바지를 입고 전신 거울 앞에 섰다. 엉덩이와 허벅지가 드러나 몸매가 살아났다.

"우리 아들 모델 해도 되겠네. 네 나이 때 우리를 보는 것 같아."

"우리?"

"내가 우리라고 했어? 잘못 말한 거야. 그건 그렇고, 금요일에 처음으로 부부 동반 중학교 동창 모임에 가는데 뭐 입고 가냐? 이젠 아줌마들도 스키니진을 입던데 난 그런 거 못 입어 보고 죽을 팔자야."

"고지식한 훈장님이 뭐가 좋다고 아빠한테 잡혀 살아? 난 엄마 이해 못하겠어."

엄마는 말없이 배시시 웃기만 했다. 훈장님의 몹쓸 매력에 푹 빠진 마나님다웠다.

나는 찢어진 청바지를 학교 사물함에 숨겨 놓았다. 남은 돈으로 청바지에 어울리는 티셔츠와 남방을 샀다. 원하는 스타일의 옷을 입었더니 없던 자신감까지 충전이 됐다. 머리만 내 마음대로 할 수 있으면 완벽 그 자체였을 텐데 아쉬웠다.

개학을 하자 입시 바이러스가 학생들을 전염시켰다. 맨 앞자리에 앉으려고 새벽 6시에 등교하는 진풍경에 혀를 찰 뿐이었다. 삼월부터 과속을 하면 몇 달 안 가 쓰러질 게 뻔했다. 나는 천천히 공부 모드에 돌입해서 마지막에 속도를 높일 계획이었다. 공부는 열심히, 유흥은 틈틈이. 이게 내 입시 모토였다.

금요일 수업이 끝났다. 오랜만에 열심히 공부를 했더니 고단함이 쓰나미처럼 몰려왔지만 머뭇거릴 시간이 없었다.

일곱 시, 시내에서 동아리 신입생 환영회가 열린다. 나는 꽃남 프로젝트 상자를 들고 지하철역으로 뛰어갔다. 변신을 할 시간이었다. 화장실에서 왁스로 머리를 세우고, 찢어진 청바지와 주황색 티셔츠를 입고 가죽 재킷을 걸쳤다. 화장실 냄새가 역했지만 귀여운 신입생 여자 후배들을 만난다는 설렘에 참을 수 있었다.

부부 동반 모임 나간다. 집에 와서 편히 있어.

엄마의 문자 메시지였다. 엄마 아빠의 모임을 깜빡 잊고 있었다. 집에서 갈아입었으면 편했을 텐데. 내 기억력을 타박하며 교복과 상자를 챙겨 집으로 향했다.

집에 도착하자마자 욕실에 들어가 세안을 했다. 수건 상자에서 세안제를 꺼내는데 뭔가 이상했다. 세 번째 수건 속에 숨겨 놓았는데 두 번째 수건 속에 있었고, 튜브 뒷부분을 눌러 썼는데 지금은 튜브 가운데가 움푹 들어갔다. 용의자는 단 한 사람, 마나님이었다.

세안제를 두 방울 떨어뜨려 얼굴을 씻고 비비크림을 발랐다. 잡티를 완전히 감추려면 조금 더 진한 걸로 바꿔야겠다.

뛰어왔더니 목이 말라 콜라를 마시며 텔레비전을 켰다. 소파에 누워 엄마에게 문자 메시지를 보냈다.

세안제 썼지? 양이 많이 줄었잖아. 그거 엄청 비싼 건데 엄마가 새로 사 줘.

리모컨으로 채널을 돌리는데 엄마가 답문을 보내왔다.

엄마가 왜 남자 세안제를 써? 그거 어디 있는지도 모르는데.

문자에서 발끈한 엄마의 말투가 그대로 전해졌다. 그렇다면 범인은 훈장님이었다.

중년 남성들 사이에서 꽃중년 바람이 분다는 신문 기사를 봤는데, 훈장님이 그럴 줄이야. 머리가 띵했다. 그러고 보니 며칠 사이에 아빠 피부는 한층 투명해지고 윤기가 났다. 숨어서 피부 관리를 하는 아빠가 안쓰러워 세안제 옆에 비비크림도 놓아두었다. 이제 훈장님도 꽃남 프로젝트에 자동으로 가입을 했다.

유익한 생활 정보를 재미있게 알려 주는 오락 프로그램이 시작됐다. 오늘은 컴퓨터에 숨겨진 야한 동영상을 찾는 방법을 소개해 주었다. 익히 알고 있는 거라서 다른 방송으로 돌렸다. 남자 고딩 중에 동영상을 숨기고 찾는 방법을 모르는 녀석은 없을 거다.

시계를 보았다. 서두르지 않으면 늦을 것 같았다. 텔레비전을 끄고 꽃남 프로젝트 상자를 숨기려는데 책상에 놓인 노트북이 눈에 들어왔다. 국가 기밀 서류가 저장된 그 노트북에 어떤 자료가 있을지 궁금해 전원을 눌렀다. 비밀번호를 입력해야 부팅이 되었다. 아빠와 관련된 번호를 모두 입력했지만 실패했다. 마음을 접으며 마지막으로 내 생일을 입력하고 돌아서는데 윈도우 시작을 알리는 음악이 나왔다. 훈장님의 아들 사랑에 감격을 했다.

파일 검색을 눌러 한글 문서를 찾았다. 중요한 문서는 없었다. 다른 형식의 파일로 저장이 되었나 싶어 다시 검색을 하려는데 방금 본 오락 프로그램이 떠올랐다. 혹시나 하며 '비디오 파일 찾기' 단추를 클릭했다.

잠시 뒤 '대외비−보안 철저'라는 폴더가 검색되었고 그 안에 〈바람과 함께 사라지다〉, 〈아바타〉, 〈매트릭스〉 등의 영화 파일이 들어 있었다. 영화 파일인데 왜 보안까지 지켜야 하는지 의아했다. 야한 동영상은 없었다. 역시 금욕의 사나이, 우리 훈장님! 감탄을 하는데 맨 아래에 〈근자감 바이러스〉가 눈에 들어왔다. 좋아하는 얼짱 여배우가 주인공으로 출연해 꼭 보고 싶었던 영화였다. 며칠 전에 개봉한 한국 영화를 컴맹 훈장님이 어떻게 다운 받았지? 동영상 파일을 클릭했다.

영화가 시작됐다. 십 초가 지나자 난데없이 영어 자막이 나왔고 조금 더 흘러 느끼한 음악과 함께 옷을 벗은 남녀가 뜨거운 눈빛을 주고받았다. 우리말은 들리지 않았다. 아무 대화도 없고 영어를 못해도 주제와 내용을 알 수 있는 영화였다.

마른침을 삼키며 〈매트릭스〉를 클릭했다. 이번에는 일본어 자막이 나왔다. 몸이 뜨거워지기 시작했다. 철저하게 보안을 지켜야 하는 국가 기밀 동영상은 이십 개가 넘었다. 빈틈없는 아빠에게서 낯선 모습을 발견했다. 아빠가 어떤 스타일의 배우를 좋아하는지 궁금했지만 약속 시간이 다 되어 알아볼 시간이 없었다. 내일을 기약하며 집을 나섰다.

시내 커피숍에 아이들이 모여 있었다. 친구 녀석들은 고시원에서 갓 탈출한 고시생보다 더 고시생 같았다. 수능도 고시라고 하면 할 말이 없지만. 다들 후줄근한 옷차림인데 나만 찢어진 청바지와 재킷을 입고 있어 튀었다. 어깨를 으쓱거리며 여자 후배들에게 학교생활에 대해 진지하게 말해 주었다. 그리고 가끔 부드럽고 인자한 미소도 지었다. 후배들이 '오빠!'라고 할 때마다 공부 스트레스가 확 풀렸다.

한창 분위기가 무르익을 때 화장실에 갔다. 진정한 꽃남은 남에게 절대 흐트러진 모습을 보이지 않는 법이다.

볼일을 보고 손을 씻으면서 거울을 보았다. 치아 사이에 뭐가 끼지는 않았는지, 머리 스타일은 괜찮은지 살피는데 술에 취한 아저씨들이 화장실로 들어왔다.

"그놈이 중학교 때 백바지에 빨간 양말 차림이었는데 생각나냐? 그런 놈이 범생이로 변해서 못 알아봤어. 와이프도 마찬가지야. '중앙로 파란 바지 칠공주'하면 모르는 사람이 없었잖아."

"와이프가 깡패를 만났는데 그 녀석이 구출해 줘서 완전 반했다는, 그 못 말리는 로맨스도 유명했잖아. 세월이 무섭네. 그두 사람이 저렇게 바뀔 줄 알았냐? 부창부수야."

아저씨들이 나란히 서서 소변을 보며 술주정을 했다. 나는 백바지, 빨간 구두, 파란 바지를 조합해 캐릭터를 만들어 보았다. 지금도 입기 힘든 옷을 당시에 입었으면 패션 지존이었다. 존경심이 생겼다.

볼일을 보고 나가던 아저씨가 내 청바지를 보며 혀를 찼다. 다른 아저씨는 들으라는 듯이 욕까지 해 댔다. 찢어진 청바지를 만들 때 사포 한 장 안 사 준 사람들이 왜 참견인지 기분이 나빴다. 나는 손을 씻고 물이 묻은 손을 세게 털었다. 하회탈처럼 생긴 아저씨의 얼굴에 물방울이 튀었는지 나를 째려봤다.

"지금 뭐하는 거야? 옷 입은 꼬락서니를 보니 예의도 없어 보이네."

"죄송해요. 그런데 왜 제 옷 보고 욕하세요?"

"어른한테 눈 똥그랗게 뜨고 노려보냐? 찢어진 청바지나 입고 다니는 고등학생이 가정 교육을 제대로 받았겠어?"

"뭐라고요? 비싼 돈 주고 술 마시고 왜 시비예요?"

나는 버럭 소리를 지르며 밖으로 나갔다. 아저씨들이 쫓아오며 고래고래 소리를 지르고 삿대질을 해 댔다. 나는 뒤를 돌아보며 썩은 미소를 날렸다. 커피숍으로 들어가려고 걸음을 재촉하는데 고깃집에서 아저씨 일행들이 몰려나와 내 앞을 가로막았다. 일이 커지고 있었다. 도망치려고 주변을 살폈다.

그런데 낯이 익은 얼굴이 보였다. 몸이 단단히 굳었다. 훈장님과 마님이 내 앞에 서 있었다. 엄마는 아줌마들 사이에서 가장 초라한 옷차림이었다. 공짜로 줘도 아무도 걸치지 않을 점퍼와 바지. 어떻게 저런 옷을 입고 시내에 나왔는지 내가 더 부끄러웠다. 알바라도 해서 엄마한테 옷을 선물하고 싶었다.

아빠가 청바지를 뚫어지게 보았다. 날카로운 눈빛이 청바지에 구멍이라도 낼 지경이었다. 아저씨들이 내 목덜미를 낚아채며 욕을 했다. 술 냄새가 진동을 했다.

"아들이냐? 누구랑 비슷하다고 생각했는데 옷 입는 꼴이 참 가관이네. 많이 닮았어."

"뭐? 가관? 너 말 다 했냐?"

아빠가 바닥에 침을 퉤 뱉더니 팔을 걷고 하회탈 아저씨의 멱살을 잡았다. 훈장님 이미지는 사라지고 범접할 수 없는 포스에 다들 놀랐다. 엄마가 아빠의 팔을 붙잡았다.

"여보, 제가 입게 허락했어요. 집에 가서 이야기해요."

"찢어진 청바지를 입게 부추겨? 당신이 문제야! 지금도 옛날 정신 상태야?"

아빠가 호되게 야단을 쳤다. 엄마는 고개를 푹 숙이고 벌벌 떨었다. 아빠의 고함과 웅성거리는 소리에 후배들까지 밖으로 나왔다. 가장 마음에 든 여자 후배와 눈이 마주쳤다. 얼굴이 화끈거렸다. 후배는 내 시선을 피했다. 사나이 체면이 완전 구겨져 학교에 갈 수 없게 되었다. 아빠가 없는 세상으로 도망치고 싶었다.

아빠가 택시를 잡고 엄마와 나를 태웠다. 경찰관한테 붙잡힌 모자 절도범 신세였다.

"그놈의 청바지 벗어! 밖에서 벗으라고 하려다가 참았어."

집에 가자마자 아빠가 말했다. 아빠의 기세에 눌려 머뭇거릴 틈이 없었다. 추리닝으로 갈아입었다.

아빠가 두 손으로 청바지를 힘껏 찢었다. 군데군데 찢긴 청바지라서 쉽게 찢어졌다. 가슴이 찢기는 기분이었다. 술을 마시거나 담배를 피운 것도 아닌데 왜 저렇게까지 하는지 아빠의 마음을 헤아릴 수 없었다.

한 시간 동안 훈장님의 매서운 가르침을 들었다. 아빠는 나를 보고 있자 울화통이 터지는지 손바닥으로 가슴팍을 쳤다. 폭발 직전인 사람은 아빠가 아니라 나였다.

"모전자전이라고 당신이 한울이를 그렇게 키웠어. 오늘부터 반성문 써서 검사 맡고 옛날의 못된 스타일도 완전히 버려."

엄마가 대꾸를 하지 않자 아빠가 또 윽박질렀다. 엄마에세 미안해 얼굴을 들 수 없었다.

"정말 갈수록 태산이네. 나도 마흔이 넘었는데 중학교 때 나보다 못한 년들 앞에서 망신을 당해야 해? 감싸 주진 못할 망정 내가 자기 딸이야? 딸이라도 그렇게 못하지! 오늘 옷차림도 쪽 팔려 기죽었는데. 왕년에 이숙자가 이런 옷이나 입고 동창회에 나가야 해?"

엄마가 촌스러운 점퍼를 벗어 던졌다. 아빠도 엄마의 느닷없는 반격에 당황해 할 말을 잃어버렸다.

"네, 네 하며 살았더니 날 바보로 알아? 이젠 이렇게 못 살아. 아니 안 살아. 이 순간부터는 마님이 아니라 이숙자야. 너도 평생 파파보이로 살기 싫으면 따라 나와."

엄마가 내 손을 잡았다. 엄마의 넘치는 힘에 나도 모르게 끌려 나갔다. 아빠는 우리 모자의 반란을 속수무책으로 보고만 있었다.

엄마와 나는 지하철역 의자에 앉았다. 밤이라 지나가는 사람도 없었고 바람이 차가웠다.

"아빠가 분명 현관문을 잠갔을 텐데. 우린 이제 어떻게 하지?"

"이미 엎질러진 물이야. 일단 전화기 전원부터 꺼. 오랜만에 중학교 동창들을 보니까 오래 참고 살았더라. 오늘 밤은 온전히 나를 위해 쓸 거야. 우린 동대문으로 간다."

마님에서 순식간에 잔 다르크로 변한 엄마, 변신의 귀재였다.

엄마와 나는 이미 혈맹을 맺은 상태였다. 지금 집에 들어가면 아빠한테 평생 잡혀 살아야 한다. 대학에 가서도 밤 열 시가 되면 집에 들어가야 하는 통금을 당하고 싶지 않았다. 가혹한 운명에 저항을 할 때가 왔다.

지하철에서 한 시간 남짓 잠을 잤더니 동대문에 도착했다.

역 밖으로 나오자 동대문은 대낮이었다. 밀리오레, 두타를 비롯한 쇼핑몰 그리고 도깨비시장까지 환하게 불을 켜고 한창 영업 중이었다. 지방에서 물건을 사러 온 사람들이 북적거리고 먹을거리 골목은 흥겨웠다. 훈장님은 싹 잊고 이 순간에 충실하기로 마음먹었다.

엄마는 청바지 매장을 두리번거리더니 어울리는 스타일을 골라 갈아입었다. 청바지가 잘 어울렸다.

"내 패션 DNA는 엄마한테 물려받은 거구나."

"꼭 그렇지만은 않아. 패션 리더는 브랜드 옷 한 벌 값으로 보세 다섯 벌을 사서 모델처럼 입고 다녀야 해."

엄마는 뒤죽박죽 쌓여 있는 삼천 원짜리 티셔츠 매대에서 내게 어울릴 만한 것을 귀신처럼 찾아냈다. 쇼핑 종결자였다. 쇼핑의 신이 강림한 듯 달인의 솜씨를 뽐냈다. 끓어오르는 끼를 어떻게 참고 살았는지 신기했다. 엄마의 패션 감각에 감탄을 뛰어넘어 감동을 했다.

한참 동안 쇼핑을 하고 밖으로 나오자 출출했다. 포장마차에 들어가 국수와 떡볶이로 뱃속을 채웠다. 엄마는 훈장님 흉을 보느라 정신이 없었다. 여기는 훈장님의 손길이 뻗치지 않는 해방구였다.

쉴 새 없이 떠들던 엄마가 입을 다물었다. 맞은편을 바라보며 생각에 잠겼다. 그곳에 24시간 미용실이 있었다. 잔 다르크가 또 한 번 결단을 내리는 순간이었다. 아무도 그녀를 말릴 수 없었다.

"어떻게 해 드릴까요? 오랜만에 머리하시는지 모발이 무척 건강하네요."

미용사 누나가 엄마의 머리를 만졌다.

"예전에 한 드라만데 〈내 남자의 여자〉 봤어요? 거기 나오는 여주인공 스타일로 해 줘요."

미용사 누나는 고개를 끄덕이며 컴퓨터로 검색을 했다. 어떤 스타일인지 감을 잡고는 분주하게 움직였다. 궁금해서 슬쩍 모니터를 보았다. 주인공의 머리 스타일은 세련된 폭탄 파마, 전형적인 팜므파탈이었다. 절대 안 된다고 말리고 싶었지만 그녀는 마님이 아니었다. 상황이 점점 악화되고 있었다. 엄마를 따라 나온 것을 후회하기 시작했다.

"아들아, 걱정하지 마. 엄마만 믿어라."

엄마는 거울을 보며 느긋하게 웃었다. 엄마의 대책 없는 웃음이 나를 더 불안하게 했다.

아빠는 지금 어둠을 보며 반란군 진압 계획을 세우고 있을 것이다. 자유는 열두 시간으로 끝나고 말 것인가? 시간이 멈추었으면 좋겠다. 하지만 지금부터 걱정한다고 아빠가 우리 모자를 용서할 것도 아니었다.

영어 시간에 배운 '카르페 디엠(carpe diem)!'이 떠올랐다. 그 단어를 중얼거리며 소파에 앉아 잡지를 펼쳤다. 여전히 마음이 불안해 글자가 눈에 들어오지 않았다.

"지갑에 캐시백 카드가 있는지 확인해 봐. 그 카드 있으면 이십 프로 할인해 준대."

엄마 쪽에서 파마약 냄새가 났다.

지갑에는 현금 카드, 신용 카드, 멤버십 카드가 많았다. 어떤 건지 찾기 힘들었다. 지갑 곳곳을 뒤져 겨우 캐시백 카드를 꺼내는데 빨간색 종이봉투가 같이 나왔다. 엄마의 부적이었다. 부적을 보며 기도를 하고 싶었다. 소파 구석으로 몸을 돌려 봉투를 열었다. 부적은 없었고 작은 사진 몇 장이 들어 있었다. 옛날 사진이었다.

사진 속에는 패셔니스타 엄마와 빨간 양말에 흰 청바지를 입은 날라리 고딩이 있었다. 머리에는 참기름을 발랐는지 빛이 났고 눈빛은 매서웠다. 복도에 침 좀 뱉은 정도가 아니라 면도날을 씹었다고 눈빛이 말하고 있었다. 날라리 중에서도 선두 그룹이었다. 그런데 볼수록 어딘가 나와 많이 닮았다. 특히 넓은 이마가 익숙했다.

다른 사진을 들여다보았다. 날라리 고딩 혼자 찍은 사진이었다. 계속 보고 있자 팔뚝에 소름이 돋았다. 고딩의 눈빛은 하회탈 아저씨의 멱살을 잡았을 때의 아빠 눈빛과 똑같았다. 나는 바로 알아차렸다. 고딩은 내 나이 때의 아빠였다. 하늘이 열리고 땅이 가라앉는 순간이었다.

어떻게 해서 날라리가 훈장님으로 360도 바뀌었을까? 불현듯 화장실에서 아저씨들이 한 말이 떠올랐다. 그렇다면 아빠가 구출해 준 칠공주 멤버는 마나님이었다. 중퇴 커플의 애절한 러브 스토리가 일목요연하게 정리가 되었다. 엄마는 꾸벅꾸벅 졸고 있었다. 엄마에게서 공포의 칠공주 냄새가 풍겼다.

고교 중퇴 커플이 철저하게 숨겨 온 과거를 더 캐고 싶었다. 지난 세월 두 사람이 은폐한 발자취를 알 만한 사람은 작은아빠뿐이었다.

나는 밖으로 나가 작은아빠에게 전화를 했다. 다행히도 작은아빠는 회식을 했는지 술을 마시고 집에 돌아가고 있었다. 작은아빠에게 아빠의 고등학생 때 사진을 보았다고 말했다. 그러자 입이 근질근질했는데 잘 됐다며 작은아빠가 먼저 말문을 열었다.

"가난해서 자퇴한 게 아니라, 형님이랑 형수님 둘 다 사고 많이 쳐서 잘렸어. 너희 엄마 아빠가 속도위반이었잖아. 너 낳고 서 분윳값 벌려고 두 사람이 안 해 본 일이 없어. 그때서야 어릴 때 놀았던 거 후회하면서 근검절약하더라. 형님은 고등학교 중 퇴자 아빠는 되기 싫다고 정신 차려서 검정고시 공부했고 공무 원 시험도 합격했어. 한울이가 형님을 바꿔 놓았지. 우리 복덩 이."

작은아빠는 술에 취해 묻지도 않은 것까지 종합 세트로 알려 주었다. 그러더니 속이 후련하다고 몇 번이나 말하며 전화를 끊 었다.

할 줄 아는 게 아무것도 없는, 스물두 살의 청년이 나를 안고 얼마나 막막했을까. 아빠는 〈인생극장〉에 출연해도 될 인간 승 리 캐릭터였다. 코끝이 찡했다.

전화기가 울렸다. 아빠가 보낸 문자 메시지가 왔다.

어디야? 아빠가 좀 심했어. 얼른 집에 들어와라. 엄마한테 사 과할게.

껌을 질겅질겅 씹는 훈장님이 떠올라 웃음을 참을 수 없었 다. 훈장님 공포증이 사라졌다.

잘 있으니까 걱정하지 마. 그리고 아빠 야동 본 건 엄마한테 말 안 할게. 남자끼리 의리가 있잖아. 보안 철저^^

아빠에게 답문을 보냈다.

미용실에 들어와 홀가분한 마음으로 잡지를 훑어보았다. '7080 패션 특집'이라는 기사에 나훈아와 남진 아저씨의 젊은 시절 사진이 나왔다. 원조 꽃남 선배님들이 나팔바지를 입고 훈훈하게 웃고 있었다. 아빠의 젊은 날 모습이 겹쳐졌다. 아빠도 노력만 하면 충분히 전성시대로 돌아갈 수 있다. 아빠의 패션 DNA를 살아 꿈틀거리게 하고 싶었다. 이제부터 내가 아빠의 코디네이터가 되어야겠다.

나는 쇼핑몰로 향했다. 허리 사이즈 34인치 청바지면 아빠에게 적당할 것이다.

이토록
사소한 장난

Coffee

담임이 침을 튀기며 모의고사 문제 풀이를 했다. 너무 많이 틀려서 뒷목이 뻣뻣해졌다. 언어 점수는 문제집을 많이 풀어도 쉽게 오르지 않았다. 형처럼 평소에 책을 많이 읽을걸! 마음속으로 툴툴거리며 늦은 후회를 했다.

"오답 노트 정리해. 한 문제라도 빼먹으면 보충 교재까지 시킬 거야."

담임이 인상을 쓰자 고릴라처럼 보였다. 일요일에도 학교에 나와 노트에 정리된 문제 개수를 확인하는 지독함에 다들 혀를 내둘렀다. 불혹을 앞둔 노총각 히스테리였다.

수업이 끝나자마자 휴대 전화의 전원을 눌렀다. 엄마가 보낸 문자 메시지가 와 있었다.

노준아! 형, 동네 경찰서로 발령받았어!^^

형은 육군 훈련소에서 훈련을, 경찰 학교에서 경찰 실무 교육을 마쳤다. 의경은 경찰 학교를 수료할 때 성적으로 경찰서 배치를 받는다고 한다. 공부를 열심히 하는 형은 집에서 가까운 경찰서로 오게 되었다. 우리나라는 군대에 가서도 공부, 시험 타령이었다.

우리 지역은 시위와 사건이 적어 의경들이 오고 싶어 하는 곳이다. 서울로 발령을 받았으면 시위 진압과 교통정리가 많아 고생했을 것이다.

사내 녀석들만 있어서 퀴퀴한 냄새가 교실에 가득했다. 창문을 열었다. 4월 초의 봄바람은 약간 쌀쌀했지만 상쾌해 잠이 달아났다. 나는 기지개를 켜며 시내를 내려다보았다. 며칠 전에 비가 왔더니 먼 산이 깨끗하게 눈에 들어왔다. 시선을 돌렸다. 경찰서가 보였다. 그곳에서 형이 군 생활을 하게 돼 오늘따라 경찰서가 친숙했다.

쉬는 시간이 오 분밖에 남지 않았다. '초코스틱'이 먹고 싶어 은우를 찾았다. 방금 전까지 쓰레기통 옆에서 꾸벅꾸벅 졸고 있었는데 그새 사라졌다. 녀석은 아이들의 심부름을 도맡아 하는 '퀵서비스맨'이다. 녀석의 별명은 닭대가리. 은우네 엄마가 시장에서 닭튀김 가게를 하기 때문에 그렇게 불렸지만 다른 이유도 있었다. 벌써 머리카락이 빠져 두피가 훤히 보였고 어깨가 축 늘어져 있어 병든 닭이 따로 없었다.

다른 친구의 모의고사 시험지를 살피고 있었다. 은우가 교실로 뛰어들어와 숨을 몰아쉬었다. 아이들이 은우 옆으로 몰려갔다.

"학생부장 선생님한테 걸려서 토끼뜀하고 왔어. 빵하고 아이스크림도 다 빼앗겼어. 이따가 두 배로 사다 줄게. 미안해."

은우 얼굴에 땀방울이 송골송골 맺혔다.

"두 배로 사오라고 시키는 새끼는 나한테 스무 배로 죽을 각오해."

석철이가 왼손으로 귀를 후볐다. 녀석은 우리 반에서 싸움을 가장 잘했고 전교에서도 다섯 손가락 안에 들었다. 석철이와 나는 초등학교 2학년 때부터 지금까지 베스트 프렌드였다.

화장실에 가려고 복도로 나갔다. 석철이가 은우를 데리고 따라왔다.

"양노준, 넌 왜 담배 안 피워?"

세면대 앞에서 석철이가 담배에 불을 붙였다. 은우는 밖에서 망을 보았다.

"담배 때문에 정자가 죽잖아. 애를 많이 낳아야 애국자야."

내 말이 끝나기도 전에 석철이가 목에 핏대가 설 정도로 기침을 해 댔다.

"선생님 오셔."

이 상황에도 존댓말을 쓰는 띨띨한 놈.

은우를 볼 때면 형이 떠올랐다. 형도 운동을 싫어했고, 친구들과 어울리지 못해 혼자 책을 읽거나 음악을 들었다. 말도 많지 않은데 기껏 입을 열면 썰렁한 유머를 할 뿐이었다. 다행히도 공부를 잘해 은우처럼 괴롭힘을 당하지는 않았다.

"이만 원만 빌려 주라. 꼭 갚을게."

화장실을 나오며 석철이가 은우와 어깨동무를 했다. 은우는 재킷 안주머니에서 돈뭉치를 꺼냈다. 천 원짜리와 오천 원짜리가 뒤섞여 있었다. 길바닥에서 채소를 파는 할머니가 쌈짓돈을 꺼내는 모습이었다. 나는 녀석의 귀를 세게 잡아당겼다.

"넌 지갑도 없냐? 쉬는 시간에 초코스틱이나 사 와."

자율 학습을 땡땡이치고 석철이와 피시방에 갔다. 정보고를 다니다 며칠 전 자퇴를 한 공현이가 알바를 하고 있었다.

석철이가 은우한테 빌린 돈으로 햄버거와 컵라면을 사 왔고 공현이가 밥통에서 밥을 떠 왔다. 우리는 소파에 앉아 컵라면을 먹으며 텔레비전을 보았다. 가요 프로그램에 걸 그룹들이 나와 춤을 췄다. 허벅지가 드러나는 핫팬츠에서 눈을 뗄 수 없었다. 몸매를 보며 야한 농담을 주고받았다.

이번 주에는 영시스터즈가 1위를 했다. 석철이가 호들갑을 떨며 화살춤을 따라 추었다. 속이 울렁거려 먹은 라면이 올라올 지경이었다. 녀석의 심장에 독화살을 쏘아 주고 싶었다.

가요 프로그램이 끝나고 '웃긴 이야기 유시시(UCC) 공모' 광고가 이어졌다. 웃긴 이야기를 UCC로 만들어 방송국 홈페이지에 올리면 조회수가 높은 작품에 상금으로 삼백만 원을 준다고 했다.

"석철이가 영시스터즈 분장해서 화살춤 추면 일등하겠는데."

"그건 웃긴 게 아니라 엽기지! 영시스터즈 삼촌 팬들한테 테러나 당할걸."

공현이도 같이 웃었다. 석철이가 우리를 쏘아보더니 뭔가를 곰곰이 생각했다.

"삼백만 원? 대박인데. 공현, 너 학교에서 동영상 편집 기술은 안 배웠냐?"

"진짜 하려고? 동영상 편집 잘하는 놈이 있는데 부탁하면 돼. 촬영 장비 완료야."

"내가 미쳤냐, 직접 출연하게? 나만 믿어."

석철이가 은우에게 문자를 보내며 촬영 콘셉트를 말해 주었다. 상상만 해도 웃음이 나왔다.

가방을 챙기고 밖으로 나갔다. 건너편에서 은우가 뛰어오고 있었다. 초딩 6학년도 은우보다는 더 빨리, 폼 나게 뛸 거다. 은우가 우리 쪽으로 달려오는 게 민망해 나는 고개를 돌려 딴청을 피웠다. 은우가 헉헉거리며 석철이 앞에 섰다.

"모의고사 오답 정리는 다 했냐? 글씨 똑같으면 안 되니까 타이핑해."

석철이가 먹던 햄버거를 은우에게 건네며 물었다.

"역시 넌 잔머리 대마왕이야! 은우, 너 이번에도 시험 못 봤지? 하는 김에 내 것도 같이 해라. 너무 많아서 못하겠어. 문제도 많이 풀면 성적이 오를 거야."

나는 가방에서 시험지를 꺼냈다. 은우가 망설이다 시험지를 받았다.

"나도 많이 틀려서 할 게 많은데…… 엄마랑 닭 다듬고 끝나면 바로 할게."

"그건 알아서 하고. 네가 개그맨으로 뜰 수 있는 기회를 이 형님이 만들어 줄게."

녀석들은 편의점 의자에 앉아 이야기를 나누었다. 나는 아빠의 전화를 받고 먼저 집으로 발걸음을 옮겼다.

엄마는 새벽부터 김밥을 싸고 잡채를 만들었다. 아빠는 문을 열지도 않은 은우네 가게에 가서 부탁을 해 프라이드치킨을 사왔다. 형은 유명 브랜드 치킨보다 은우네 것을 더 좋아했다. 엄마는 차에 음식을 싣고 빠진 것이 없는지 꼼꼼하게 살폈다. 최전방 부대로 면회를 가는 것처럼 유난을 떨었다.

"우리 아들이 의경이니까 도둑놈은 걱정하지 마."

엄마는 친척들에게 전화를 했다. 형이 경찰서장으로 부임해도 이렇게 호들갑은 안 떨 거다.

경찰서 앞에 '국민을 위한 최상의 서비스'라고 적혀 있었다. 최전방 부대였으면 입구에서 사진을 찍으며 한껏 면회 기분을 냈을 텐데 동네 경찰서라서 덤덤했다.

면회 장소는 지하 식당이었다. 의자에 앉아 있자 신입 의경들이 한 줄로 들어왔다. 모두 머리를 짧게 자르고 의경 제복을 입고 있었다. 엄마는 단박에 형을 알아보고 눈물을 글썽거렸다. 형은 살이 조금 빠졌고 짧은 머리가 어울렸다. 제복이 컸지만 늠름하고 의젓해 군인 티가 났다. 아빠는 형의 얼굴을 만지작거렸다. 부모님과의 애절한 상봉이 끝나자 형은 나와 악수를 했다.

엄마는 음식을 꺼내 테이블 위에 푸짐하게 차려 놓았다. 진수성찬의 뜻이 무엇인지 엄마가 증명했다. 형이 잡채를 먹으려는데 선임 의경들이 지나갔다. 형은 벌떡 일어나 '충성'을 외쳤다. 소심하고 내성적인 형에게서 낯선 모습을 발견하는 재미가 쏠쏠했다.

"은우네 치킨이야. 어서 먹어. 이제 집 근처에 왔으니까 자주 볼 수 있잖아."

엄마가 형에게 닭 다리를 건넸다. 형은 주변 눈치를 살피며 치킨을 먹었다.

"경찰서 생활은 어때? 의경 사는 곳이 어디야?"

아빠가 물었다. 형은 잠시 머뭇거리다가 손가락으로 경찰서 후문을 가리켰다. '방범 순찰대'라고 적힌 삼 층짜리 건물이 있었다.

"저기서 뭐해? 도시 한복판에 있으니까 완전 편하겠네."

하나 남은 닭 다리를 잡자마자 엄마가 내 손을 탁 치며 날개를 쥐어 줬다. 나는 입을 삐죽거리며 항의를 했지만 엄마는 듣는 시늉도 하지 않았다.

엄마는 형에게 묻고 또 물었다. 군 생활이 궁금했으면 모자 동반 입대를 신청해 아들과 함께 국방의 의무를 다하면 될 텐데. 아직 그런 제도가 없어서 아쉬웠다. 형은 '네, 아닙니다' 딱 두 가지로만 대답을 했다. 평소보다 말이 더 없어서 전역할 때는 벙어리가 될까 걱정이었다.

두 시간은 짧았다. 엄마는 남은 음식을 깨끗하게 포장해 선임 의경에게 건네며 "우리 민오, 잘 부탁합니다!"라는 말을 잊지 않았다.

의경들이 인사를 하고 방범 순찰대로 향했다.

"전방 부대에 왔으면 헤어질 때 눈물 났을 거야. 동네라서 걱정이 덜 해."

엄마와 아빠는 약속이 있다며 차를 타고 경찰서를 빠져나갔다.

집에 가려고 경찰서 앞 횡단보도에 서 있었다. 일요일 오후가 지나가는 게 아까워 알차게 보낼 궁리를 하는데 은우가 보였다. 녀석은 공중전화 부스에 들어가 전화번호부를 뒤적거리다가 밖으로 나왔다. 그러고는 잠깐 서성거리다 다시 들어가 수화기를 만지작거렸다. 몇 번 그렇게 하더니 아무 일도 없었다는 듯 시장 쪽으로 뛰어갔다. 녀석을 불렀지만 못 들었는지 뒤돌아보지 않았다.

웹하드에 웃긴 동영상 올렸어. 주인공 치킨 헤드

석철이가 보낸 문자 메시지에 웹하드 아이디와 비밀번호가
적혀 있었다.

집에 가자마자 웹하드에 접속해 새로 올라온 파일을 클릭했
다.

은우가 팬티만 입고 캐릭터 가면을 쓴 채 삐쩍 마른 근육을
자랑하는 원맨쇼 동영상이었다. 어색해서 더 재미있었다. '비공
개 충격 야동'이란 제목의 파일도 있었다. 야동이란 단어가 호
기심을 자극해 재빨리 재생 버튼을 눌렀다. 녀석이 팬티까지 벗
고 춤을 췄다. 엽기적이었다. 나는 킥킥거리며 몇 번이나 다시
보기 버튼을 클릭했다.

야간 자율 학습을 끝내고 돌아오는 길이었다. 수신자 부담으
로 전화가 왔다. 형이었다.

"백화점 앞으로 첫 근무 나왔어. 밖에 나오니까 살 것 같아!
전화는 아무도 모르게 하는 거야. 노준아, 미안."

형이 다급하게 전화를 끊었다. 집에 들어가기 싫었는데 좋은
핑곗거리가 생겼다. 형을 만나고 오겠다고 엄마에게 전화를 했
다. 엄마는 맛있는 것을 사다 주라며 몇 번이나 강조했다.

던킨도너츠 가게에서 도넛과, 형이 좋아하는 뜨거운 카페라떼를 샀다. 커피가 식기 전에 형을 만나야 했다. 나는 경보를 하듯 걸었다. 속도를 낼 때마다 커피가 출렁거렸다. 돌아오는 길에 피시방에서 한 시간만 게임을 해야겠다.

백화점 앞에 다다랐다. 경찰들이 음주 단속을 하고 있었다. 광고판 뒤에 숨어 주변을 살폈지만 형이 보이지 않았다. 다른 의경들에게 물어볼 수도 없었다. 형을 만나지 못해 허탈했다. 목이 말라 카페라떼를 마셨다. 서둘러 왔는데도 미지근했다. 시럽을 안 넣었더니 내 입맛에 맞지 않아 속이 쓰렸다. 화장실에 가고 싶었다.

주차장 옆 화장실로 들어가려는데 험악한 욕설이 들렸다. 깡패들이 있나 조심스럽게 문을 열었다. 안에는 의경들이 여럿 둘러서 있었고 가운데 한 명은 차렷 자세로 고개를 숙이고 있었다.

"미쳤구나. 막내가 허락도 안 받고 전화를 해? 군기가 빠졌어."

"죄송합니다."

익숙한 목소리였다. 그때였다. 얼굴에 큰 점이 있는, 왕 서방처럼 생긴 의경이 가운데 의경의 따귀를 때렸다. 맞은 사람이 휘청거리며 얼굴을 들었다. 형이었다. 형은 얼굴을 찡그리며 이를 악다물었다. 나도 모르게 소리를 지를 뻔했다. 달려가서 형을 구출하고 싶었지만 그럴 수 없었다. 시내 한복판에서 의경이 사람을 때렸고 그 피해자가 우리 형이었다. 동생과 통화를 한

게 그렇게 큰 잘못일까. 뛰어들어가 녀석들과 한판 붙고 싶었다. 두려워서 더는 볼 수가 없었다.

정신을 차리고 큰길로 나왔다. 백화점 옆에 순찰차가 세워져 있었다. 나는 순찰차에 침을 뱉고 발로 뻥 찼다. 당장 경찰서 홈페이지에 지금 목격한 장면을 자세하게 올리고 싶었지만 참았다.

휴대 전화가 울렸다. 엄마였다. 마음을 간신히 진정시켰다.

"형 못 만났어. 벌써 갔나 봐."

통화를 끝내고 돌아가려는데 도넛이 생각났다. 가방에서 도넛을 꺼내 쓰레기통에 버리려다 순찰차 위에 올려놓았다. 선임들만 처먹지 말고 형 몫으로 하나 정도 남겨 주면 좋겠다.

봄 햇살이 책상 위로 쏟아져 내렸다. 릴라의 조용한 목소리에 정신이 몽롱하고 온몸이 나른해졌다. 석철이는 책 세 권을 베개 삼아 잠에 빠졌다. 나도 릴라의 눈을 피해 잠을 청하려는데 문이 열렸다. 교감이 릴라를 복도로 불렀다. 두 사람은 짧게 이야기를 하더니 같이 아래층으로 뛰어갔다.

십 분이 지났지만 릴라는 돌아오지 않았고 종이 울렸다.

종례 시간 전에 오답 노트를 제출해야 하는데 은우가 오지 않았다. 석철이가 문자 메시지를 보냈지만 답문도 없었다.

"배고파 죽겠는데 닭대가리가 파업했어."

아이들이 녀석을 욕하기 시작했다. 어쩔 수 없이 은우보다

한 단계 위에 있는 녀석이 심부름을 도맡았다.

"닭대가리 오면 죽여 버리겠어."

녀석이 눈을 부라리며 슈퍼로 뛰어갔다.

나는 석철이의 스마트폰을 빌려 최신 게임을 하고 있었다. 옆 반 아이가 달려오더니 석철이에게 귓속말로 뭔가를 전했다. 석철이의 얼굴이 하얗게 질렸다. 까무잡잡하고 퉁퉁한 얼굴이 하얗게 보여 '호밀 식빵맨' 같다고 놀리려고 할 때 은우의 소식이 들렸다.

처음에는 장난을 친다고 생각했다. 하지만 그건 사실이었다.

은우가 교복을 입은 채 학교 옆 아파트에서 뛰어내렸다. 가방 속에는 담배와 과자 그리고 두꺼운 노트가 들어 있었다. 노트라는 말에 가슴이 철렁 내려앉았다. 은우가 내 목을 조르는 듯 숨을 쉴 수 없었다. 석철이와 눈짓을 주고받으며 복도로 나갔다.

"동영상 본 사람은 너뿐이야. 너만 입 다물면 돼. 장난 좀 친 건데 걸리면 나만 좆 돼, 씨발."

석철이는 스마트폰으로 웹하드에 접속을 해 동영상 파일을 삭제하고 탈퇴를 했다. 문제는 오답 노트였다.

"두꺼운 노트가 오답 노트일까? 우릴 곤란하게 하려고 일부러 노트에 오답 정리하고 이름을 적었을까?"

내 목소리가 떨린다는 것을 느꼈다. 석철이가 작게 말하라고 손짓을 했다.

"시킨 적 없다고 잡아떼야 해. 걸리면 우린 끝이야."

끝이라고 할 때 녀석의 눈동자가 흔들렸다. 석철이가 담배를 챙겨 화장실로 갔다.

나는 은우의 낡은 책가방을 떠올렸다. 그 속에 과자, 담배 그리고 노트가 있었다. 노트에 뭐라고 적혀 있을까. 보고 싶어 조바심이 났다. 정말 오답 정리 때문에 목숨을 끊었을까? 시험이 끝나면 아이들이 은우에게 오답 정리를 시켰다. 늘 해 오던 거라 부담을 느끼지 않았을 것이다. 왜 하필 내가 시켰을 때 이런 일이 벌어졌는지 운이 나빴다. 녀석한테 오답 정리를 시킨 게 후회가 됐다.

입이 말랐다. 나는 정수기에 입을 대고 물을 마셨다. 화장실에서 나오던 석철이도 정수기 앞에 섰다. 나보다 더 목이 탈 것이다.

"우린 베프잖아. 절대 동영상 이야기는 꺼내지 마. 부탁할게."

동영상에서 본 은우의 얼굴이 생생하게 기억났다. 은우는 웃고 있었지만 두려웠을 것이다. 수치심, 그리고 유포될지 모른다는 공포. 그것 때문에 목숨을 끊었을 것이다. 분명했다. 경찰서로 면회를 가지 않았다면 나도 촬영할 때 그 자리에 있었을 텐데. 형이 고마웠다.

"걱정하지 마. 우린 베프잖아."

혼란스러웠던 마음이 조금 편안해졌다.

자살 소식은 순식간에 학교 전체로 퍼졌다. 아이들은 은우 이야기만 했다. 처음으로 전교생이 은우에게 관심을 가졌다.

수학 시간이었지만 릴라가 들어왔다.

"이제부터 은우 이야기는 꺼내지 마. 교문 앞에 기자들이 얼쩡거릴 거야. 물어도 절대 아무 말도 하지 마. 그리고 은우는 왕따 안 당했지?"

"왕따 시킨 적 없는데요."

석철이가 선수를 쳤다. 다들 고개를 끄덕였다. 왕따는 의도적으로 외톨이를 만들어 말도 안 시키고, 투명 인간처럼 대하는 것이다. 하지만 우리는 늘 은우와 함께 어울렸다.

"은우가 친구들과 어울리지 못하는 성격이었지? 누가 때린 건 아니지?"

릴라의 말은 '아니잖아, 아니지'로 끝났다. '네'라고 대답해 주길 바라는 게 느껴졌다.

"네. 친구도 없고 수업 끝나면 혼자 다녔어요."

"가방에서 담배가 나왔어. 은우가 담배 폈냐?"

"집에서 혼자 피울지도 모르죠."

"은우가 고민 말한 적은 있어? 가정 환경이 어렵다거나?"

"조류 독감 때문에 치킨이 안 팔린다고 걱정했어요."

남훈이가 말했다. 은우에게 오만 원을 빌려 아직도 안 갚았을 것이다.

"사건을 조사하러 장학사랑 형사들이 올 거야. 아까 말한 것처럼 말해. 다들 학교 잘 다니는데 혼자서 왜……."

릴라는 말꼬리를 흐리며 혀를 찼다. 노트에 대해서는 묻지 않았다. 나와 석철이는 눈을 마주치며 마른침을 삼켰다.

병원 장례식장에 빈소가 차려졌다. 우리 반 아이들은 오후 수업을 하지 않고 빈소를 찾았다. 빈소에는 은우네 가족, 친척 그리고 시장 사람 몇 명이 앉아 있을 뿐 조화 하나 없이 썰렁하기만 했다.

반장이 향을 피웠다. 영정 사진을 똑바로 볼 자신이 없어 슬쩍 곁눈질을 했다. 은우가 해맑게 웃고 있었다. 녀석이 밝게 웃는 걸 처음 보았다.

"너희들이 도와줬으면 우리 은우 안 죽었어! 잘해 주지."

할머니는 구멍이 난 낡은 스웨터를 입고 있었다. 치킨을 사러 가면 은우 친구라고 꼬치를 덤으로 주곤 했는데……. 나는 당분간 치킨을 먹지 않을 것이다.

"너희가 와 줘서 은우 가는 길이 외롭지 않을 거야. 고마워."

은우 엄마가 아이들의 손을 잡았다. 나는 화장실에 가는 척 밖으로 나왔다.

학교에 가자마자 석철이와 나는 모든 정보망을 총동원해 노트에 대해서 알아보았다. 노트에는 언어 영역 문제 몇 개가 정리되어 있었고 그 밑에 짧은 유서가 적혀 있었다. 유서 내용은 공개되지 않았지만 엄마와 할머니에게 마지막 인사를 하는 정도라고 했다.

석철이의 얼굴이 밝아졌다. 나도 마찬가지였다. 녀석이 오답 정리를 하고 보란 듯이 우리의 이름을 적었다면 어떻게 됐을까. 상상도 하기 싫었다. 나는 이번 사건을 빨리 잊고 싶었다.

이튿날부터 릴라의 얼굴이 어두웠고 잔소리가 심해졌다. 그리고 쉬는 시간마다 교실에 올라와 우리들을 감시했다.

체육 수업이 끝나 교실로 올라갈 때였다. 교무실에서 고함 소리가 들렸다.

"억울하게 죽은 우리 아들을 왜 우울증 환자로 만들어!"

은우네 엄마였다. 아줌마는 머리가 부스스했고 눈이 퉁퉁 부어 있었다. 그리고 앞치마에 밀가루가 묻어 있었다. 교감이 이맛살을 찌푸리며 밖으로 나가자 릴라가 아줌마를 진정시켰다. 아줌마가 나를 향해 삿대질을 할 것 같아 몸을 숨겼다.

일주일이 지나자 담임의 감시가 느슨해졌고 다른 녀석이 퀵서비스맨이 되었다. 나는 녀석에게 아무것도 시킬 수 없었다. 녀석을 볼 때마다 오답 정리가 떠올라 찝찝했다.

형이 첫 외박을 나왔다.

우리 가족은 오랜만에 고깃집에 갔다. 엄마는 가장 좋은 생고기를 주문했다. 아빠도 형에게 먹고 싶을 것을 시키라고 재촉했다. 첫 휴가자는 특급 대우를 받았다.

"고참들이 잘해 주고 재미있어. 밥도 얼마나 맛있는데."

형은 묻지도 않았는데 먼저 입을 열었다. 말이 없던 형이 아줌마 수다를 떨어 낯설었지만 다행이었다. 화장실에서 맞을 때 이를 악다물던 표정은 없었다.

"때리지 않아?"

나는 장난스럽게 물었다. 자존심이 센 형이 자기 입으로 구타를 당했다고 말하기가 얼마나 힘들까.

"요즘은 구타 없어. 때리면 바로 영창에 가."

형이 두 손을 저었다. 나는 형의 눈동자를 뚫어지게 보았다. 형이 웃으며 내 눈을 피했다. 그날 맞은 건 남자들의 세계에 존재하는 군기 잡기였을 것이다. 나는 대수롭지 않게 생각했다.

엄마가 형에게 상추쌈을 건넸다. 아빠도 흐뭇한 얼굴로 소주를 따라 주었다. 화기애애한 분위기가 좋았다. 엄마와 나도 맥주를 한 잔씩 마셨다. 취기가 올라와 얼굴이 붉어졌다.

식사를 마치고 집에 돌아왔다.

"시간이 멈추면 좋겠어. 1초 지나가는 게 아쉬워. 세상 소식 좀 알아볼까?"

형은 컴퓨터 앞에 앉더니 신문사 홈페이지에 접속을 했다. 그러고는 기자들의 블로그에 들어가 검색을 했다. 첫 외박을 나와서까지 신문을 보는 형을 나는 이해할 수 없었다.

이튿날 형은 열두 시가 넘어서 일어났다. 잠을 자지 못해 새벽까지 화장실을 들락거리는 소리를 들었다.

엄마는 형이 좋아하는 칼국수를 만들었다. 일요일 점심은 무조건 라면이었는데 형 덕분에 호강을 했다.

"녹차 가루를 넣고 반죽했어. 군 생활 잘하려면 건강해야
지."

엄마는 형을 다섯 살짜리 꼬마처럼 챙겼다. 하지만 형은 많
이 먹지 않고 거의 남겼다. 나는 형의 몫까지 먹고 시원하게 트
림을 하며 거실로 갔다. 형은 소파에 앉아 텔레비전을 켰지만
집중은 하지 않고 시계만 보았다.

게임을 하려고 컴퓨터 앞에 앉았다. 형이 이메일을 확인하겠
다고 비켜 달라고 했다. 아이템을 얻을 수 있는 중요한 순간이
었지만 웃으며 양보를 했다. 메일 확인을 끝낸 형은 내 둘레를
서성거리며 안절부절못했다. 정신이 사나워 게임을 할 수가 없
었다.

"형, 왜 그래? 가만히 좀 있어. 득템할 중요한 타임인데."

나는 버럭 소리를 질렀다. 형은 대꾸도 없이 나를 밀치며 또
이메일을 클릭했다. 어이가 없었다. 형은 손으로 모니터를 가리
며 메일 발송 취소 버튼을 눌렀다. 그러고는 느릿느릿 경찰복으
로 갈아입었다. 방학 동안 신 나게 놀다가 개학날 학교에 가기
싫어하는 초딩 1학년을 닮았다. 가라앉은 분위기를 바꾸려고
내가 먼저 입을 열었다.

"날씨 진짜 좋네. 여자 친구 있으면 소풍 가고 싶다."

"화창한 날씨가 다들 좋다고 하는데 난 지긋지긋해. 차라리
비나 왔으면 좋겠어. 학교 친구가 자살했다며? 너희가 괴롭혔

지?"

"그 녀석이 원래 좀 그래. 우린 은우한테 장난만 쳤어."

"장난? 장난에 누군가는 죽어. 어디서든 보통만 하라고 하잖아. 그 보통이 어려운 사람도 있어. 그 친구두 그랬을 거야."

형의 얼굴에 그림자가 가득했다. 은우네 형인 것처럼 나를 나무랄 기분이 나빴다. 잊혀져 가던 은우 이야기에 마음이 어지러웠다. 기분도 달랠 겸 정신없이 게임을 하고 싶었다.

사거리 피시방에 갔다. 석철이가 창가 옆에 앉아 모니터만 뚫어지게 보고 있었다. 분명 야한 동영상을 감상하고 있을 거다. 석철이 옆에 앉으려고 구석으로 들어가는데 의경 한 명이 게임에 빠져 있었다. 형 때문에 의경 제복만 봐도 관심이 갔다. 눈 아래에 큰 점이 있어서 낯이 익었다. 떠오를 듯 말 듯 너무 답답해 직접 물어보고 싶었다. 면회할 때 본 것 같아 지나치려는데 기억이 났다. 화장실에서 형을 때린 왕 서방, 그놈이었다. 확실했다. 뒤통수를 후려갈기고 따귀를 때리고 싶었지만 참았다.

조심스럽게 피시방 밖으로 나왔다. 어떻게 복수를 할까 망설였다. 큰길 한복판에서 의경이 교통정리를 하고 있었다. 맞은편에는 아무도 없었다. 후임은 열심히 근무를 하는데 왕 서방은 놀고 있었다. 가끔은 투철한 신고 정신이 필요하다. 나는 공중전화 부스를 찾았다.

"의경이 근무는 안 하고 피시방에서 게임 하는데요. 안 잡아가면 인터넷에 올릴 겁니다."

112번 신고 센터에 전화를 했다. 오 분도 채 안 돼 순찰차가 도착했다. 경찰한테 끌려 나와 순찰차에 오르는 녀석을 보니 속이 후련했다.

어젯밤부터 비가 내리고 천둥 번개가 쳤다. 아침이 되자 빗방울은 굵어졌고 전국에 호우주의보가 발효됐다.

공현이가 새벽에 오토바이를 타고 집에 가다 교통사고를 당했다. 뺑소니 사고였지만 신고할 수 없었다. 녀석은 무면허였다.

수업을 마치고 석철이와 병원으로 향했다. 우산이 자꾸 뒤집혀 지나가던 사람들이 웃었다. 창피해서 우산을 접고 가방으로 머리 위를 가리고 뛰었다. '덤 앤 더머'가 따로 없었다.

304호 병실 안으로 들어갔다. 공현이는 진료실에 가 있었다. 다행히도 큰 사고가 아니어서 일주일쯤 지나면 퇴원할 수 있었다. 배가 고픈데 소독약 냄새를 맡자 입안에 침이 고였다.

석철이와 매점에 내려가려고 엘리베이터를 기다렸다. 이동식 침대가 우리 뒤로 다가왔다. 침대 위에 사람이 누워 있고 그 위를 흰색 천이 덮고 있었다. 주변에 서 있는 가족들이 큰 소리로 울었다. 석철이가 내 손을 잡고 계단 쪽으로 갔다.

"사람이 죽었나 봐. 걸어가자."

비상구 문을 여는데 의경이 지나갔다. 얼핏 보니 걸음걸이가 형과 비슷했다. 혹시나 해서 형의 이름을 불렀다. 의경이 무의식적으로 뒤를 돌아보았다. 나를 본 형은 놀라며 처방전을 주머니 속에 넣었다.

"감기에 걸려서 병원에 왔어. 지금 교통 근무를 가야 되거든. 먼저 갈게."

형이 서둘러 내려갔다. 석철이에게 매점에 가 있으라고 말한 뒤 형을 뒤쫓았다.

형은 약국으로 들어갔다. 따라 들어가자 인상을 쓰며 밖에 나가 있으라고 소리를 질렀다. 뭔가 수상해 아랑곳하지 않고 옆에 서 있었다.

"수술한 지 얼마 안 됐으니까 약은 꼭 먹어요. 덧날 수 있어요."

약사 아줌마가 형에게 약을 건넸다. 형의 얼굴이 심하게 일그러졌다.

"어디 수술한 거야? 감기라며?"

형은 한숨을 쉬며 밖으로 나가 담배를 입에 물었다. 담배를 잡은 손가락이 떨렸다. 형은 담배 냄새를 너무 싫어했는데 지금은 맛깔나게 피웠다. 형이 담배 연기를 뿜었다.

"담배 피울 땐 그나마 살 만해. 돈 있냐? 배고프다."

던킨도너츠 가게에 들어가 형이 좋아하는 도넛을 여러 개 샀다. 형은 초코 도넛을 먹다가 목이 막히는지 손으로 가슴을 쓸어내렸다. 카페라떼를 사려고 했지만 돈이 없었다. 물 한 잔을 떠다가 형에게 내밀었다.

"맞았어."

순간 고막이 터진 것처럼 귀가 먹먹했다. 형을 때린 녀석들을 잡아다 죽도록 패 주고 싶었다. 속에서 열이 올라와 귀까지 뜨거웠다.

"백화점 뒤 화장실에서…… 봤어."

"그랬구나. 엄마한테 말하지 않아 고마워. 다들 군대에서 잘 지내는데 나는 견디기 힘들어. 학교에도 그런 애들 있잖아. 은우라는 친구도 그랬을 거야. 오늘은 비가 와서 위로받는 느낌이야."

"녀석은 원래 좀 모자란 애야. 그리고 군대 가면 처음엔 다 힘들다고 하잖아. 그냥 꾹 참아. 형이 남자의 세계를 잘 몰라서 그래."

"외박 때 의경 폭력을 제보하려고 신문사에 메일을 보냈어. 겁이 나서 발송 취소했지만."

형은 구타를 당했다고 소대장에게 말했다. 소대장은 전 부대원을 모아 놓고 구타 근절 교육을 시켰다. 그것 때문에 부대 내에서 왕따를 당해 하소연을 할 사람도 없었다. 형이 애처로워서 더는 듣기 힘들었다. 나는 고개를 돌려 창밖을 보았다. 폭우였다.

"병원에 다녀오면 군기가 빠졌다고 또 갈굼 당해! 엄마한텐 절대 말하지 마. 참고 버텨 볼게. 동생한테 이런 말하는 게 부끄럽네."

형이 애써 웃었다. 차라리 울었으면 내 마음이 편하겠다.

형이 밖으로 나갔다. 나는 형에게 우산을 건넸다. 형은 받지 않았다.

"의경 제복 입을 땐 우산 안 써. 비 맞으면 감기 걸려. 얼른 들어가."

형은 늦었다며 택시를 타고 경찰서로 향했다. 나는 비를 맞으며 형의 뒷모습을 하염없이 지켜보았다.

석철이가 얼른 오라고 전화를 했다. 나는 다시 병원으로 들어가 매점으로 향했다.

석철이는 라면을 먹고 있었다. 라면 냄새를 맡아도 입맛이 없었다. 라면에 밥까지 말아 맛있게 먹는 녀석이 부러웠다. 엄마에게 전화를 해서 말할까. 아니면 형과의 약속을 지키는 게 나을까. 고민을 하는데 석철이네 형이 떠올랐다.

"석민이 형은 육군이었지? 언제 제대했냐?"

"작년 겨울에. 그건 왜?"

"처음에 군대 갔을 때 적응은 잘했어?"

"어리바리한 우리 형, 엄청 갈굼 당해서 매일 집에 전화했어. 엄마가 군대에 가서 따졌는데 그것 때문에 부대에 마마보이라고 소문났잖아. 그런데 일 년이 지나니까 괜찮아지던데. 제대할 때 사회에 나오는 게 싫을 정도로 병장 생활이 좋대."

녀석이 심드렁하게 말하며 국물을 들이켰다.

"의경도 육군하고 비슷하겠지?"

석철이가 고개를 끄덕였다. 녀석의 말을 들으니 걱정이 누그러졌다. 별일도 아닌데 엄마가 알면 더 큰 문제가 될 수 있었다. 시간이 해결해 줄 거라고 믿었다. 아니, 믿고 싶었다. 그제야 배가 고팠다. 비가 오는 날에는 라면 국물이 최고다. 나는 해물 라면과 공깃밥을 시켰다.

중간고사가 끝나고 서울랜드로 봄 소풍을 갔다. 하늘은 맑았고 햇살은 화창했다. 길에는 이름 모를 꽃들이 가득 피어 많은 사람들이 봄을 만끽했다. 아이들은 멋지게 사진을 찍었고 가는 곳마다 웃음소리가 들렸다. 하지만 형에게는 너무나 잔인한 날씨였다.

내가 바이킹을 타고 하늘 높이 올라가 소리를 지를 때였다. 그 시간, 형도 아파트 계단을 천천히 올랐다. 형은 무슨 생각을 했을까.

고등학교 졸업 앨범에서 형의 사진을 스캔해 영정 사진을 만들었다. 형은 눈을 살짝 찌푸리고 있었다. 그 사진이 영정 사진으로 쓰일 것을 알고 있었나 보다. 형의 얼굴을 보자 뜨거운 카페라떼를 사 주지 못한 게 마음에 걸렸다. 비가 오던 날, 엄마에게 전화를 했으면 상황이 달라졌을까? 나는 울음을 참으며 때늦은 후회를 했다.

장례식은 쓸쓸했다. 의경들이 문상을 왔지만 다들 말을 아꼈다. 먼 길을 떠나는 형은 외로웠다.

문상객이 돌아가고 화장실에 가려고 빈소를 나왔다. 낯이 익은 아줌마가 검은색 봉지를 들고 지나갔다. 치킨 냄새가 났고 검은색 봉지에 기름이 묻어 반짝거렸다. 은우네 엄마였다. 녀석이 살아 있었다면 배달은 녀석의 몫이었을 것이다.

아줌마와 눈이 마주쳤지만 나를 알아보지 못했다. 나는 문 뒤에 숨어 아줌마를 보았다. 축 처진 어깨가 엄마와 닮았다.

이튿날 화장을 마쳤다.

나는 유골함을 꼭 안았다. 유골함의 온기가 가슴으로 전해져 형을 껴안고 있는 것처럼 따뜻했다. 아빠를 대신해 납골 안치 서류를 접수하러 사무실에 갔다.

"요즘 젊은 사람들이 많이 자살하네. 지난달에는 고등학생이 왔던데."

청소부 아줌마들이 소곤거렸다. 나는 헛기침을 하며 고개를 돌리는데 은우가 떠올랐다.

서류를 접수하며 은우가 몇 번 납골당에 있는지 알아보았다. 그러고는 매점에 가서 카페라떼 한 병을 샀다.

은우는 형과 가까운 곳에 있었다. 은우의 사진을 보며 앞에 있는 것처럼 이야기를 했다. 은우는 듣기 싫다고 귀를 막았을지 모른다. 은우에게 미안하다는 말을 할 자격도 없었다. 처음으로 은우의 마음을 헤아렸다. 나는 카페라떼를 사진 옆에 올려놓고 절을 두 번 했다.

학교를 마치고 집에 갈 때 경찰서 앞을 지나는 버릇이 생겼다.

경찰서 정문에 서서 방범 순찰대 건물을 바라보았다. 형이 호루라기를 불며 교통정리를 하고 있을 것 같아 두리번거렸다. 하지만 아무 소리도 들리지 않았다.

횡단보도 앞, 공중전화 부스가 보였다. 그곳에서 은우가 어디론가 전화를 하려고 했다. 어쩌면 형도 은우가 만지작거렸던 수화기를 들고 전화번호부를 뒤적였을지 모른다.

나는 하늘을 올려다보았다. 햇빛을 똑바로 쳐다보자 눈물이 살짝 고였다. 눈이 부셔서 그런 것이다. 손등으로 눈가를 훔쳤다. 세상이 평화로워서 화가 났다. 세상은 형의 죽음을 너무 쉽게 잊었다. 내가 은우를 금방 잊었던 것처럼.

의경들이 경찰서 밖으로 나왔다. 저녁 교통 근무 시간이었다. 의경들은 신호봉으로 장난을 치고 시끄럽게 떠들었다. 형이 없다는 것을 아무도 기억하지 않았다. 나만 형이 없다는 것을 알고 있었다. 의경들의 웃음소리가 형의 비명 소리 같아 견디기 힘들었다.

다신 경찰서 앞에 오지 않겠다고 다짐했다.

배가 고파 시장에 갔다. 집에 가도 먹을 게 하나도 없었다. 엄마는 침대에 누워만 있었고 아빠는 밤마다 혼자서 술잔을 기울였다.

분식점에 들어가 라면을 주문했다. 해가 지고 있었다. 석양이 가게 안으로 들어왔다. 눈을 찡그리며 창밖을 보았다. 맞은편에 은우네 가게가 있었다. 할머니가 혼자서 무거운 나무 도마를 가게 안으로 집어넣고 있었다. 뛰어가서 도와드리고 싶었지만 두려웠다. 한 달 사이에 할머니의 허리가 더 굽었다. 할머니가 허리를 두드리며 하늘을 올려다보았다. 가슴이 울컥했다.

오늘은 바삭바삭한 은우네 치킨이 먹고 싶다. 은우네 치킨은 우리 동네에서 가장 맛있다. 형 몫까지 배가 터지도록 먹어야겠다. 나는 라면을 취소하고 용기를 내 은우네 가게로 발걸음을 옮겼다. 은우에게서 풍기던 닭 비린내가 났다.

고소 취하

교문 옆 벤치에 윤아가 앉아 있었다. 틈만 나면 문자질을 하는데 오늘은 연락도 없고, 먼저 문자 메시지를 보냈지만 답문도 없어 무슨 일이 있는지 궁금했다. 나는 윤아 옆에 앉아 어깨동무를 했다. 윤아가 얼굴을 찡그리며 팔을 치웠다. 서방님의 애정 표현을 무시하는 게 괘씸해 한 마디 하려는데 윤아의 표정이 심상치 않았다. 아픈 것 같지는 않은데 혹시 한 달에 한 번 마법에 빠지는 그날인가?

"무슨 일 있어? 어려운 문제면 내가 족집게처럼 해결 방안을 말해 줄게."

윤아 옆에 딱 붙어서 애교를 부렸다. 망설이던 윤아가 입을 열었다.

"우리 엄마 아빠가 곧 이혼한대."

윤아가 울먹였고 지나가는 녀석들이 이상한 눈초리로 흘낏거렸다. 나는 어른스럽게 윤아의 어깨를 다독여 주었다.

"그러면 넌 누구랑 살 거야?"

"엄마 아빠를 똑같이 사랑해. 우리 엄마 아빠 진짜 잉꼬부부였어. 난 그런 엄마 아빠를 보며 늘 행복……."

드라마 대사를 듣는 것 같아 닭살이 돋았다. 마침 전화벨이 울려 다행이었다. 모르는 번호였지만 통화 버튼을 눌렀다.

"노기준 학생 맞죠?"

낯선 아저씨가 딱딱하게 물었다.

"네. 무슨 일이죠?"

"경찰서 수사과인데요. 노운수, 신미래 씨가 전세금 때문에 맞고소한 거 아시죠?"

노운수, 신미래 씨라면 나를 사랑한다고 주장하는 엄마 아빠다. 윤아가 통화 내용을 엿들으려고 귀를 세웠다. 나는 손으로 전화기를 막고 벤치에서 일어나 한 발짝 내딛었다. 윤아는 우리 엄마 아빠가 이혼한 걸 아직 모른다. 일부러 숨긴 건 아니었다. 윤아가 부모님에 대해서 묻지 않아 말하지 않았을 뿐이다.

"학생에게 물어볼 게 있어요. 중학교 3학년이면 수업이 언제 끝나죠? 내일 여섯 시까지 수사과로 올 수 있어요?"

알겠다고 하자 아저씨가 전화를 끊었다. 느닷없는 연락에 당황해 멍하게 서 있었다. 윤아가 내 곁에 오더니 꼬치꼬치 묻기 시작했다. 부모님 이혼 문제 따위는 잊어버린 얼굴이었다.

"왜 숨어서 통화해? 나한테 찔리는 거 있지?"

"내일 아주 멋진 카페에서 데이트가 있어! 바쁘다, 바빠! 난 인기남이잖아."

애써 웃었지만 마음이 싸늘해졌다.

윤아에게 하소연하고 싶은 사람은 바로 나였다. 친구 부모님들은 행복하게 잘 사는데 노운수, 신미래 씨는 왜 저럴까. 이혼한 것도 모자라 고소까지 하는 부모님이 창피했다. 두 사람은 이기주의와 개인주의를 적극적으로 실천하고 있었다.

"진짜 누구야? 휴대 전화에 저장도 안 된 번호잖아."

윤아가 휴대 전화를 뺏더니 통화 내역을 확인했다.

"집안일이야. 궁금하면 뽀뽀해 줘. 그럼 말해 줄게."

나는 입술을 쭉 내밀었다.

"우리 집 문제만으로도 머리 아파. 너희 집 문제는 네가 알아서 해. 배고픈데 피자 먹으러 가자. 더치페이! 오케이?"

쫀득거리는 피자 치즈가 떠올라 침이 넘어갔다. 머릿속으로 지갑 속에 들어 있는 돈을 계산해 보았다. 떡볶이 일 인분 값도 안 됐다.

"집에 일찍 오라고 방금 전화 왔잖아. 피자는 다음에 먹자."

"이 상황에 엄마 전화 받고 쪼르르 가야겠냐? 난 마마보이는 싫은데."

윤아가 나를 째려보더니 휑하니 가 버렸다. 붙잡고 싶었지만 그럴 여유가 없었다.

나도 마마보이나 파파보이면 좋겠다. 요즘은 '헬리콥터 맘'도 있다는데 엄마의 과잉보호가 어떤 건지 한 번쯤 느껴 봤으면 소원이 없겠다. 나는 터벅터벅 걸어서 할머니 댁으로 향했다.

노운수, 신미래 씨는 올해 초에 협의 이혼을 했다. 엄마 아빠는 상대방에게 이혼의 책임을 떠넘겼지만 내가 볼 때 모두에게 책임이 있었다. 두 사람은 이혼 서류에 도장을 찍은 뒤 각자 살 집을 구해 떠났고 나는 할머니 댁에 맡겨졌다. 문제는 그 다음에 생겼다.

우리가 살던 집은 엄마의 이름으로 계약이 된 전세였는데 이혼을 하며 전세금을 나누기로 약속을 했다. 그런데 엄마는, 오래 전에 할아버지가 입원했을 때 외삼촌에게 빌린 돈과 함께 이자까지 두둑하게 갚고 남은 돈의 절반을 아빠 몫으로 건넸다.

"당신, 제정신이야? 누구 맘대로 이자까지 갚아. 원래 이자 이야기는 없었잖아."

"세상에 공짜가 어디 있어요? 그 녀석도 어렵게 사는데."

엄마와 아빠는 한참을 티격태격 싸웠지만 해결점을 찾지 못했다. 결국 아빠는 엄마를 경찰서에 고소했다. 엄마도 가만히 있지 않고 맞고소를 했다.

"결혼 안 시켜 주면 죽겠다고 울고불고 난리를 쳐서 허락했는데. 뭐하는 짓이야!"

할머니는 이제 두 사람 이야기만 나오면 손을 내저었다.

나도 처음에는 엄마 아빠가 재결합하기를 바라 화해를 시키려고 일부러 아프다고 전화를 하고, 투정도 많이 부렸다. 하지만 맞고소까지 한 것을 알고 마음을 완전히 접었다.

이튿날, 점심을 먹고 학교 정원에 앉아 있었다. 햇볕은 적당하게 내리쬐고 바람은 상쾌했다. 앙상한 가지에 초록색 싹이 움트기 시작해 며칠만 지나면 분홍색 벚꽃이 필 것이다.

아이들이 축구를 하자고 문자 메시지를 보내왔다. 모든 게 귀찮았다. 나는 시무룩하게 벤치에 앉아 경찰서를 떠올렸다. 어제까지는 걱정이 없었는데 지금은 두려웠다. 어떤 질문을 받게 될지, 경찰서에 들어가는 것을 친구들이 보는 건 아닌지 고민이 산더미였다. 청소년기에는 경험을 많이 할수록 좋다지만 이런 것까지 체험할 생각은 없다. 아들에게 이상한 경험을 하게 만든 노운수, 신미래 씨가 앞에 있다면 부모 자격이 있냐고 따지고 싶었다.

윤아가 연못을 지나 내 곁으로 걸어왔다. 눈이 퉁퉁 부어 있었고 얼굴이 푸석했다. 몇 달 전 내 모습을 다시 보는 것 같다.

"라면을 곱빼기로 먹고 잤냐? 아니면 나 보고 싶어서 뜬눈으로 지새웠어?"

윤아는 들은 척도 하지 않았다. 나는 윤아의 손을 꼭 붙잡았다. 손이 거칠고 차가웠다.

"엄마 아빠한테 꼭 복수할 거야. 확 죽어 버리면 엄마 아빠가 달려와 울면서 후회하겠지? 이제 난 비정상 가족인가?"

"정상, 비정상을 나누는 기준은 없어. 이혼한 가정을 비정상으로 보는데 그거 진짜 웃겨. 대부분의 부모가 이혼하면 이혼하지 않은 가정이 비정상이 될걸."

나는 발끈해 가슴에 담아 두었던 말들을 한꺼번에 쏟아 냈다.

"세상이 너처럼 노(No), 기준이면 좋겠어. 학교에서 날 문제아로 보겠지? 술이나 진탕 마시고 싶어. 담배도 피우고, 날라리가 돼 엄마 아빠를 평생 괴롭힐 거야. 이젠 공부 안 해."

윤아가 어깨를 잔뜩 움츠린 채 교실로 향했다. 같이 가려는데 휴대 전화가 울렸다. 신미래 씨였다.

"미안해! 엄마 자격 없어. 거듭 말하지만 아빠가 잘했으면 이혼은 안 했어. 엄만 기준이를 사랑해."

"부모님 때문에 경찰서에 간다고 기자들이 취재 올까 겁나네. 기네스북에 나올 일이야."

나는 전화를 끊고 4층을 올려다보았다. 복도를 걸어가는 윤아의 뒷모습이 쓸쓸했다. 내 뒷모습도 저럴 것 같아 어깨를 쫙 폈다.

청소 시간이 되었다. 우리 반 담당 구역인 학생 상담실로 갔다.

머리가 반쯤 벗겨진 학생부장, 빛나리가 의자에 앉아 책상에 다리를 걸치고 담배를 꼬나물었다. 2학년 녀석들이 반성문을 쓰고 있었다. 매캐한 담배 연기에 기침이 나왔다. 나는 얼굴을 구기며 창문을 열었다.

"반성문은 다 썼지? 또 담배 피우다 걸리면 집에 전화할 거야. 가서 청소해!"

빛나리가 으름장을 놓았다. 아이들은 밖으로 나가자마자 무사 탈출을 축하하며 떠들었다. 빛나리는 반성문을 폐지 수거함에 넣었다.

걸레로 책상을 닦는데 체육 선생이 들어왔다.

"아까 나간 녀석들 중에 세 사람이나 부모가 이혼했대요."

체육은 전화기를 책상 모서리에 올려놓으며 거울을 보았다. 이마가 조금씩 넓어져 삼 년 안으로 대머리가 될 확률이 높았다. 리틀 빛나리! 그래서 학생부장하고 친한 모양이다.

"부모가 멀쩡해도 사고를 치는데 이혼했으면 당연히 문제가 있지."

빛나리가 쓰레기통에 가래침을 뱉었다.

"저놈들 불쌍해요. 부모 때문에 상처받으면 커서도 정상적으로 사회생활하기 힘든데."

리틀은 주머니에서 발모제를 꺼내 머리에 뿌렸다.

두 사람의 대화가 듣기 싫어 비질을 세게 했다. 뿌연 먼지가 풀풀 날렸다. 빛나리 브라더스가 기침을 해 댔다. 대걸레로 바닥을 닦으며 리틀의 휴대 전화를 보았다.

리틀 빛나리 폰 번호 날려라

리틀네 반 녀석에게 문자를 보냈다. 바로 답문이 왔다.

나는 리틀 전화번호를 찍고 통화 단추를 눌렀다. 예상대로 리틀의 전화기는 진동 모드였다. 전화기가 진동으로 살짝 움직이자 리틀이 손을 뻗었다. 그 순간, 기다렸다는 듯 전화기가 쓰레기통으로 떨어졌다. 방금 전 빛나리가 가래침을 뱉은 그 자리였다. 리틀이 인상을 쓰며 쓰레기통에 손을 넣었다. 쌤통이었다.

청소를 마치고 상담실을 빠져나왔다. 빛나리 브라더스한테 가운뎃손가락으로 '뻑큐'를 날렸다.

새 학기가 시작될 때, 나는 가정 환경 조사서에 엄마 아빠와 같이 산다고 적었다. 이혼 이야기는 절대 하지 않았다. 주민등록등본도 엄마 아빠가 이혼하기 전에 발급받은 것을 제출했다. 사실대로 말했으면 담임으로부터 '주의 깊게 관찰당하는' 학생 명단에 오를 게 뻔했으니까.

화장실에서 손을 씻고 있는데 전화가 울렸다. 리틀 빛나리였다. 수신 거부 단추를 눌렀다.

학교 앞에 차들이 길게 줄을 서 있었다. 아이들이 교문을 나오면 경적 소리가 울렸다. 시끄러워 귀를 틀어막았다. 당연히 나를 기다리는 차는 없었다. 나는 앞만 보고 천천히 걸었다.

"노기준, 어디 가?"

윤아의 반짝거리는 눈동자를 보니 허전한 마음이 사라졌다.

"근사한 카페에서 데이트가 있다고 했잖아. 캐러멜 마끼아또 한 잔……."

"엄마 아빠 때문에 걱정이 많은데 너까지 힘들게 하지 마."

윤아가 눈을 가늘게 뜨며 볼멘소리를 했다. 짐짓 신 나는 척하고 싶었지만 마음이 무거워 흥이 나지 않았다. 입을 열기가 귀찮아 조용히 걷기만 했다. 윤아는 투정을 부리다가 곧장 학원으로 갔다. 안 좋은 상황에도 묵묵히 공부하는 윤아가 대견스러웠다. 역시 내 여친이다.

여섯 시가 되려면 한 시간이나 남았다. 걸어가도 충분했다. 좋은 일도 아닌데 일찍 도착하고 싶지 않았다. 하천을 따라 걸었다. 멀리 붉은 노을이 걸렸다. 하루가 저물고 있었다. 왠지 스산했다. 찬바람이 불지도 않는데 몸이 떨렸다.

전화가 울렸다. 이번에는 노운수 씨 차례였다.

"못난 아빠 때문에 기준이가 고생하네. 경찰 아저씨가 묻는 말에 사실대로 말해 줘."

짜증이 치밀어 올라 시큰둥하게 전화를 끊었다. 그러고는 엄마 아빠의 전화번호를 수신 거부했다. 두 사람을 떠올리면 목에 가시가 걸린 것 같았다.

엠피스리(MP3) 이어폰을 귀에 꽂고 볼륨을 가장 크게 했다. 울적할 때 발라드 음악을 들으면 최악이었다. 댄스 음악을 눌렀다. 발걸음이 빨라졌고 가수가 된 것처럼 몸도 흔들었다. 내 몸을 감싸고 있던 우울한 기운이 바람에 날아갔다.

횡단보도를 건너자 시내에서 가장 큰 사진관이 나왔다. 쇼윈도에 걸린 사진들을 눈여겨보았다. 엄마 아빠와 꼬마들이 활짝 웃고 있었다. 다른 사진을 보았다. 정장을 말쑥하게 빼입은 가족이 다정한 자세로 '우리 행복해요!'라고 소리치고 있었다. 부모님이 없으면 가족사진 촬영을 금지한다는 법이라도 있는지 할머니와 손자, 엄마와 아들이 단출하게 찍은 사진은 없었다. 할머니와 가족사진을 찍어서 보란 듯이 걸어 놓아야겠다.

가족사진을 보니 또 신미래, 노운수 전 부부의 얼굴이 아른거렸다. 친구들이 학원에 갈 때 나는 뭐하는 짓인지 속이 부글부글 끓었다. 나 혼자 속수무책으로 당할 수만은 없었다. 내 심정을 두 사람도 알 수 있도록 큰 사건을 치고 싶었다. 내 방식대로 노운수, 신미래 씨에게 복수를 하고 말겠다.

한참을 궁리하며 걷는 동안 경찰서 앞에 다다랐다. 가방으로 얼굴을 가렸다. 혹시 기자들이 취재하러 몰려올지 모른다. 그것보다도 친구들이 지나가다 나를 발견하면 낭패였다.

경찰서 정문을 통과했다. 의경 형이 지나가는 차에 경례를 붙였다.

"수사과는 어디 있어요?"

"수사과엔 왜 왔어? 친구 때렸냐? 아니면 삥 뜯었구나."

형이 물었다. 배도 고프고 피곤해 하나하나 설명할 힘이 없었다. 무엇보다 고소 사건의 참고인 조사를 받으러 왔다고 말하기 부끄러웠다. 형의 눈을 뫼하며 고개를 돌렸다. 정문 옆 게시판에 붙은 고소, 고발 접수 안내문이 시선을 붙잡았다. 제목을 보는 순간 엄마 아빠에게 복수할 방법이 떠올랐다.

"고소하려면 어떻게 하죠?"

"민원실에 가면 고소장이 있어. 고소할 내용을 적어서 접수하면 돼. 근데 누구 고소할 거야?"

엄마 아빠를 고소해야겠다. 고소할 이유는 많다. 공부해야 하는 소중한 시간에 경찰서에서 조사받도록 만든 것부터 고소감이다. 어디 그것뿐인가? 질풍노도의 시기에 부부 싸움을 해 가출 충동을 느끼게 했고 자녀의 정신 건강을 해롭게 했다. 자녀를 낳았으면 성인이 될 때까지 보호를 하는 게 부모의 의무다. 두 사람은 기본적인 의무를 다하지 않았다. 그것이 가장 큰 문제다. 두 사람은 합심해 노기준의 행복 추구권을 침해했다. 지금도 늦지 않았다. 당장 고소해서 내 권리를 찾아야겠다.

민원실로 걸음을 재촉하는데 휴대 전화가 울렸다. 윤아가 내 볼에 뽀뽀하는 모습이 전화기 화면에 떴다. 백 일 기념으로 찍은 사진이었다.

"어디야?"

삭막한 경찰서에서 여자 친구의 목소리를 들으니 힘이 났다.

사막에서 얼음물을 발견하면 이런 기분일 것이다. 수화기 너머로 차 소리가 들렸다.

"카페에 다 왔어. 끝나고 전화할게."

"알았어. 나도 지금 수업 시작해."

윤아도 바쁜지 전화를 끊었다. 나는 화면에 뜬 윤아 얼굴에 뽀뽀를 했다. 엄마 아빠보다 사귄 지 이백 일 된 여자 친구가 훨씬 낫다.

현관에 걸린 시계를 보았다. 다섯 시 사십 분이었다. 시간이 촉박해 조바심이 났다.

먼저 민원실에 가서 고소장을 찾았다. 백지를 보니 무엇을 쓸까 막막했다. 가슴에 담아 두었던 일들을 떠올렸다. 첫 문장을 썼다. 하고 싶은 말이 많아 멈출 수 없었다. 금방 고소장의 절반이 가득 찼다. 쓰다 보니 끓어오르던 화가 조금씩 가라앉았다.

돌이켜보니 늘 불행한 것만은 아니었다.

엄마의 음식 솜씨는 으뜸이었다. 과자를 많이 먹으면 몸에 해롭다며 엄마가 직접 간식을 만들었다. 나는 엄마표 간식을 좋아했고 친구들도 맛있다며 부러워했다. 엄마의 웰빙 간식 덕분에 지금도 감기에는 잘 걸리지 않았다.

아빠는 손재주가 좋았다. 초등학생 때 만들기 숙제는 늘 아빠의 몫이었다. 아빠는 거북선 만들기 숙제도 어려워하지 않고 종이를 자르고 붙여서 뚝딱 만들었다. 그 작품으로 상을 받았다. 몇 년 전까지 엄마와 아빠는 내게 최고로 자랑스러운 존재였다.

행복했던 때가 떠올랐지만 정에 약해지면 안 된다.

고소장 밑에 내 이름을 쓰고 지장을 찍었다. 윤아도 고소장이 필요할 것 같아 몇 장을 챙겨 민원실을 빠져나왔다. 이제 접수만 하면 끝이었다. '대한민국 최초, 엄마 아빠를 고소한 아들'이란 제목의 기사가 신문에 나고 인터넷에 뜨면 난리가 날 거다. 생각만 해도 통쾌했다.

계단 옆에 수사과 팻말이 보였다. 오줌이 마려웠다. 화장실에서 볼일을 보고 수사과 문 앞에 섰다. 숨을 크게 내쉬며 문손잡이를 돌렸다. 우락부락한 경찰 아저씨들이 부산스레 일을 했다. 조사를 받는 사람 중에는 조직 폭력배도 있었다. 술 취한 할아버지가 나를 보더니 버럭 소리를 질러 깜짝 놀랐다. 낯선 풍경에 마음이 쪼그라들었다.

"학생, 여기에 왜 온 거야?"

경찰 아저씨가 커피를 홀짝거렸다. 나는 주변의 눈치를 살피며 경찰서에 오게 된 사연을 짧게 말했다.

"여기는 형사과고 옆 사무실이 수사과야."

수사과 앞문과 형사과 뒷문이 나란히 있어서 착각을 했다.

수사과도 형사과 못지않게 시끄러웠다.

"노기준 학생, 여기예요."

아저씨가 손을 흔들며 알은체를 했다.

책상을 가운데 두고 아저씨와 마주 앉았다. 형사과를 지나왔더니 수사과는 휴게실처럼 편안했다. 아저씨가 차 한 잔을 주었다. 김이 피어오르는 캐러멜 마끼아또가 아니라 살짝 쓴 녹차였다. 다시는 하고 싶지 않은 데이트였다.

"부모님 때문에 마음이 안 좋을 텐데. 엄마 아빠가 화해하도록 아들이 신경 좀 써야지."

아저씨가 코를 파며 말했다. 인간적인 모습에 떨리는 마음이 사라졌다.

"이제 본격적으로 이야기해 봅시다. 먼저 미성년자의 증언이라 효력이 있을지는 검찰에서 판단합니다. 거짓말을 하면 노기준 씨에게 불이익이 갑니다."

아저씨가 컴퓨터 자판을 두드렸다. 동네 쌀집 아저씨에서 예리한 경찰로 변했다.

"신미래 씨가 전세금 절반을 노운수 씨에게 주기로 약속을 했다는데 알고 있습니까?"

"네."

"신미래 씨가 동생 신상환 씨에게 시아버지의 병원비로 삼천만 원을 빌렸습니까?"

"네."

"그 사실을 노운수 씨도 알고 있죠?"

"네."

나는 '네'라고만 대답했다. 길게 덧붙이면 드라마에 나오는 것처럼 책상을 세게 치며 '네, 아니요로만 짧게 대답하세요.' 하고 쏘아붙일 것 같았다.

"신상환 씨에게 돈을 빌릴 때 이자까지 주겠다고 했나요?"

중요한 질문은 지금부터였다. 어릴 때 일이라 전혀 기억나지 않았다. 뭐라고 대답할까 고민하는데 전화가 울렸다.

"좀 쉬고 다시 이야기하죠."

아저씨가 전화기를 들고 밖으로 나갔다. 한숨 돌리려는데 술 취한 아저씨와 아줌마가 악다구니를 쓰며 들어왔다. 아줌마의 윗도리는 여기저기 찢겨 있었고 눈에 시퍼렇게 멍이 들었다. 그리고 여섯 살쯤 돼 보이는 꼬마 아이가 복도에서 서럽게 울었다.

"이젠 맞고는 못 삽니다. 당장 진단서 끊어 올 테니 이 사람 좀 감방에 처넣어 주세요."

아줌마가 가슴팍을 치며 소리를 질렀다.

꼬마 녀석은 울음을 그치지 않았다. 나는 윤아가 준 사탕을 녀석에게 건넸다. 녀석은 훌쩍거리며 사탕을 받아 입에 넣었다. 아이의 얼굴에 눈물이 묻어 있었다. 나는 손으로 눈물을 닦아 주었다. 녀석이 나를 올려다보더니 웃으며 옷소매로 콧물을 훔쳤다. 녀석의 똘망똘망한 눈동자에 그늘이 가득했다.

"울다가 웃으면 똥구멍에 털 나!"

장난을 치자 녀석이 까르륵 웃었다. 여경 누나가 꼬마를 데리고 민원실 쪽으로 향했다. 꼬마가 또래 아이들보다 너무 작았다.

아줌마의 하소연은 끝이 없었고 아저씨는 화를 냈다. 나는 아줌마와 아저씨를 번갈아 보았다. 두 사람이 행복하게 살 수 있을까. 아저씨는 줄담배를 피웠다. 연기가 아줌마의 한숨처럼 보였다.

지난해부터 노운수 씨와 신미래 씨도 지겹게 싸웠다. 가슴이 벌렁거릴 때가 한두 번이 아니었다. 험악한 분위기가 지겨워 112에 신고해 두 사람을 잡아가라고 말하려다 참았다.

두 사람은 나에게 관심이 없었다. 밥통에는 밥이 없었고 개수대에는 씻지 않은 그릇이 가득했다. 청소를 하지 않아 부엌에는 바퀴벌레가 기어다녔다. 집에 가기 싫어 피시방과 친구네 집을 돌아다니곤 했다.

"다시 이야기할까요?"

아저씨가 자판을 두드렸다. 어려운 질문은 없었고 묻는 말에 자세하게 대답을 했다. 아줌마와 아저씨가 계속 소리를 질러 어수선했다.

조사가 끝났다. 아저씨가 서류를 보여 주었다.

"잘못된 부분, 고치고 싶은 거 있으면 말해요. 이상 없으면 맨 밑에 손도장 찍고."

서류를 들고 꼼꼼하게 읽었다. 내가 말한 그대로 적혀 있어서 손도장을 찍었다.

그 사이 아저씨와 아줌마는 조사를 끝내 형사과로 옮겼다.

복도를 걷는 아줌마의 신발이 시선을 끌었다. 때가 끼고 낡은 슬리퍼였는데 한쪽은 흰색, 다른 쪽은 검은색이었다. 그녀는 전혀 눈치채지 못했고 아무도 그 사실을 말하지 않았다. 짝짝이 슬리퍼가 오랫동안 기억에 남을 것이다.

"내가 저 인간이랑 당장 이혼하고 싶어도 아이 때문에 살아요."

형사과로 들어간 부부는 또 싸우기 시작했다. 꼬마가 저 소리를 듣지 못하게 귀를 막아 주고 싶었다.

엄마 아빠는 지금 어디에서 무엇을 하고 있을까. 지금도 계속 싸워서 경찰서에까지 왔다면 나도 꼬마와 같은 신세였을 것이다. 폭력으로 고소하지 않은 게 그나마 다행이었다. 아줌마는 또 아이 이야기를 꺼내며 한탄을 했다. 듣기가 거북해 서둘러 가방을 챙겼다.

행복하지도 않은데 나를 배려해 억지로 참고 산다면 세 사람 모두 힘들지 않을까. 같이 살지 않더라도 친구처럼 만나 맛있는 것도 먹고 놀러 다녀도 충분히 행복할 텐데. 아줌마와 아저씨를 보니 그렇게 살 자신이 생겼다. 엄마 아빠가 예전보다 더 행복하다면 고소하겠다는 마음을 버릴 수 있었다. 노기준의 행복 추구권만큼이나 신미래, 노운수 씨의 그 권리도 소중하니까.

책가방을 메고 복도로 나왔다. 경찰 아저씨가 주머니에서 봉투를 꺼냈다.

"고생했어. 집에 가면서 맛있는 저녁 사 먹어라."

덥석 받고 싶었지만 사양하는 척 손을 저었다. 바로 받으면 너무 없어 보인다.

"조사받으러 오면 나라에서 교통비를 주는데 꼭 받아야 해. 여기 서명해."

아저씨가 영수증을 내밀었다. 속마음을 들킨 것 같아 얼굴이 달아올랐다.

두 시간 동안 이야기하고 삼만 원이나 받았다. 아빠와 엄마가 주는 용돈인 셈이었다.

밖은 어느새 캄캄했다. 긴장이 풀려 힘이 쭉 빠졌다.

"조사는 잘 받았냐? 아니, 고소는 잘 했고?"

의경 형이 쓰레기를 줍고 있었다. 다른 의경들은 안내소에서 텔레비전을 보며 컵라면을 먹었다. 라면 냄새를 맡자 입안에 침이 고였다. 형에게 인사를 하고 정류장으로 발걸음을 내딛었다. 주차장 쪽에서 웃음소리가 들렸다. 꼬마가 여경 누나와 놀고 있었다.

"누나가 이거 사 줬어요."

꼬마가 나를 보더니 뛰어와 내 입에 과자를 넣어 주었다. 나는 녀석의 머리를 쓰다듬었다.

여경 누나가 꼬마를 데리고 안으로 들어갔다. 꼬마는 〈방귀대장 뿡뿡이〉를 못 봤다고 툴툴거리며 엄마를 찾았다. 녀석이 오늘 일은 깡그리 잊고 마음에 담지 않았으면 좋겠다.

정문을 빠져나와 모퉁이를 돌았다. 누군가 내 손목을 붙잡았다.

"커피는 잘 마셨냐? 진짜 무지 큰 카페네. 나도 데리고 오지."

윤아가 딸기 우유를 내밀었다. 학원을 땡땡이치고 뒤따라온 모양인데, 나는 딴 생각을 하느라 눈치를 못 챘나 보다. 조사가 끝나 밖으로 나왔을 때 아무도 없어 쓸쓸했는데 윤아가 기다리고 있어서 마음이 든든했다.

우유를 마시며 전화기를 꺼냈다. 엄마와 아빠의 전화번호를 수신이 가능하도록 바꾸었다.

엄마 아빠, 고소 취하하고 화해하세요. 두 분이 평생 친구처럼 지내면 좋겠어요. 그러면 저도 엄마 아빠를 용서할게요.

엄마 아빠에게 문자 메시지를 보냈다. 온몸을 꽉 조이는 옷을 벗은 기분이었다.

정류장 옆, 공원 가로등에 환한 불이 들어왔다. 벤치 위에 먼지가 많이 쌓여 있어서 윤아가 앉기를 망설였다. 이럴 때 손수건을 꺼내 깔아 줘야 하는데 휴지도 한 장 없었다. 주머니에 손을 넣었다. 고소장이 있었다. 고소장을 벤치에 깔아 윤아와 함께 앉았다.

나는 윤아의 손을 내 볼에 비볐다. 부드럽고 따뜻했다.

"우리 엄마 아빠도 이혼했어."

경찰서에 오게 된 까닭을 자연스럽게 말했다. 윤아가 묵묵히 들어주었다. 마음에 꽁꽁 숨겨 놓고 혼자 아파했던 그 비밀을 털어놓아 홀가분했다.

"나한테까지 숨겨서 섭섭했는데 생각해 보니 내가 무관심했어. 그리고 처음으로 부모님 입장을 헤아리게 됐어. 엄마 아빠도 많이 힘들 텐데 난 울기만 하고 위로해 드린 적이 없었어."

윤아의 목소리에 힘이 들어갔다.

"피자 먹고 싶지? 오늘은 내가 쏠게."

어떤 피자를 먹을지 이야기하며 시내로 걸어갔다. 윤아가 MP3를 꺼내 볼륨을 키우고 이어폰 한쪽을 내 귀에 꽂아 주었다. 윤아와 있을 때는 발라드 음악이 더 좋다.

휴대 전화가 시끄럽게 울렸다. 눈치 없이 달콤한 분위기를 깬 사람은 아빠였다. 지금 이 순간은 오롯이 나와 윤아만을 위해 쓰고 싶다. 나는 휴대 전화의 전원을 끄고 가방에 넣었다.

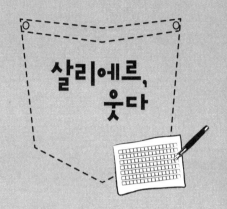

살리에르,
웃다

일어나자마자 졸린 눈을 비비며 문화대학교 홈페이지에 들어갔다. 가슴이 두근두근, 쿵쾅쿵쾅 뛰었다. '21세기, 한국의 새로운 힘! 문화대학교에 오신 것을…….'이란 인사말을 다 읽을 겨를도 없이 첫 화면의 공지사항을 샅샅이 살펴보았다. 수상자 명단은 아직 올라오지 않았다. 안도의 한숨을 내쉬었다.

"수혁아, 얼른 밥 먹어라. 아침부터 왜 인터넷을 해?"

엄마가 방문을 열었다.

"오늘 백일장 수상자 발표하거든."

"대학교 직원들은 잠도 안 자냐? 아직 출근도 안 했을 텐데."

엄마가 눈을 흘기며 퉁바리를 놨다.

시계를 보았다. 일곱 시였다. 커튼 사이를 비집고 눈부신 봄 햇살이 쏟아졌다. 창문을 활짝 열었다. 살랑거리는 봄바람이 오늘따라 더 상쾌했다. 뭔가 좋은 일이 있을 것 같아 콧노래를 흥얼거리며 홈페이지 자유 게시판을 클릭했다.

'백일장 수상자 오늘 몇 시에 발표하죠?', '수상자는 정해진 거죠?', '심사는 잘 하신 거 맞죠?', '수상자 명단에 제발 내 이름이 있기를!'

모두 잠도 자지 않고 새벽에 글을 올렸다. 글을 올린 사람들의 닉네임도 하나같이 걸작이었다.

상장은 내 가슴에, 노벨시인상, 김소월 친구, 창작과비수, 문학뒷동네, 탈락전문작가.

닉네임을 보며 웃느라 긴장이 풀렸다.

"학교 늦겠어. 얼른 씻어라!"

엄마가 또 소리를 질렀다. 그제야 나는 세수를 하고 식탁에 앉았다.

식탁 위에는 내가 좋아하는 김치찌개가 보글보글 끓고 있었다. 중학교 삼 학년인 수현이는 맨손으로 계란말이를 집어 먹었다.

"오빠, 설마 이번에도 떨어진 건 아니지?"

"아침부터 까불래. 상금 받으면 넌 국물도 없어."

나는 으름장을 놓았지만 머쓱했다. 지금까지 백일장에 수없이 나갔지만 큰 상을 받은 적은 없었다. 상금 대신 책이나 도서상품권을 주는 장려상을 받은 게 전부였다.

"문호 오빠 백일장에 나갈 때마다 일등이잖아. 이번에도……."

"엄마, 김치찌개 정말 시원해!"

딴소리를 꺼내며 화제를 돌렸지만 마음이 무거웠다. 문호를 생각하니 입맛이 없어졌다.

나문호. 우리 학교 문예부에서 나와 같이 글을 쓰는, 엄마 친구의 아들이다. 녀석은 대학교 주최 전국 백일장에서 장원을 다섯 번이나 했다. 조회 시간마다 구령대에 올라가 교장 선생님과 악수하며 상을 받아 학교에서 문호를 모르는 사람이 없었다.

"난 대기만성형이야. 노벨 문학상 받으면 수상 소감에서 설수현, 네 이름 뺄 거야."

나는 수현이를 노려봤다. 수현이가 혀를 쏙 내밀었다.

"문호는 문학 특기생으로 좋은 대학에 간다고 하더라. 장학금도 받으면서."

엄마는 가위로 김을 자르고 접시에 놓았다.

"내가 훨씬 더 잘 쓰는데…… 운이 없을 뿐이야. 엄만 아무것도 모르면서."

"시 모르는 사람들은 상을 받아 와야 재능이 있는지 알지. 억울하면 너도 큰 상 받아."

엄마도 수현이를 닮아 가는 것 같다. 아니면 수현이가 엄마를 닮은 건지도 모르겠다. 다시 수상자 발표 생각이 나 가슴이 두근거렸다. 밥이 넘어가지 않았다. 나는 우유 한 잔을 마시고 나서 책가방을 챙겼다.

"제발, 지하철 2호선 타자! 서울 살면서 아랫동네 학교 다니려면 차비가 얼마냐? 왕복 삼만 원이야. 부모님 허리 휘는 소리 들리지?"

영어 선생님은 아침부터 목에 핏대를 세웠지만 꾸벅꾸벅 조는 녀석이 많았다. 내 귀에는 벌이 윙윙거리는 것처럼 들릴 뿐이었다. 내 관심은 오로지 수상자 명단을 확인하는 것이었다.

스마트폰을 쓰는 녀석이 없어서 아쉬웠다.

수업이 끝났다. 나는 컴퓨터실로 달려갔다. 교실에서 인터넷을 할 수 있다면 얼마나 좋을까. 그 생각을 하며 복도 모퉁이를 도는데 학생부장 선생님과 부딪쳤다.

"여기가 운동장이냐? 올림픽 단거리 연습해?"

선생님은 똥배를 내밀며 이맛살을 잔뜩 찌푸렸다.

나는 고개를 숙이고는 다시 달렸다. 뒤에서 누군가 나를 불렀지만 뒤돌아보지 않았다.

컴퓨터실에 도착했다. 컴퓨터의 전원을 눌렀다. 컴퓨터 부팅 시간이 오늘따라 너무 길게 느껴졌다. 인터넷 화면은 바뀔 생각을 하지 않았다. 신경질이 나 애꿎은 마우스를 괴롭히는데 문화대 홈페이지 첫 화면이 떴다. 두 눈에 힘을 주고 공지사항을 살펴보았지만 아직도 수상자 명단은 없었다. 깊은숨을 내쉬며 가슴을 쓸어내렸다. 상을 받을 거라고 꿈꿀 수 있는 조그마한 희망이 남아 있었다. 이 바람이 행복한 현실로 이루어지길 간절히 기도했다.

종이 울렸다. 나는 교실로 내키지 않는 발걸음을 옮겼다.

책상에 앉았지만 집중이 되지 않았다. 연습장에 낙서를 하는데 문자 메시지 하나가 날아왔다. 대학교에서 보낸 수상 축하 문자가 아닐까 기대하며 마른침을 삼켰다.

수호천사 대출! 누구에게나 10분 내에 바로 돈을 빌려 드립니다. 연락 주세요.

이런 젠장, 수호천사는 무슨! 수호천사라면 설수혁이 장원 수상자라고 연락을 해 줘야지! 마음속으로 구시렁거리는데 또 문자가 날아왔다. 동수가 보낸 것이었다.

설수혁, 문화대 백일장에 나갔지? 문학 소년이라고 폼은 다 잡으면서 상도 못 받고. 교문에 현수막 걸렸어.

나는 고개를 갸웃하며 대수롭지 않게 창밖을 내다보았다. 아저씨들이 교문 위에 현수막을 걸고 있었다. 현수막이 바람에 흔들렸다. '4월, 호국 보훈의 달' 이런 문구가 적혀 있을 거라고 생각했는데 아니었다.

경축! 2학년 나문호, 문화대학교 백일장 장원! 교육부장관상 수상

갑자기 가슴이 철렁 내려앉으며 머리가 멍했다. 아침부터 벌렁거렸던 심장이 펑 터진 것 같았다. 몸에서 힘이 쭉 빠지고 숨을 쉬는 것조차 귀찮았다.

점심시간을 알리는 종이 요란하게 울렸다. 그 종소리는 나와 상관없었다. 아이들이 우르르 급식소로 향했다. 동수가 내 어깨를 흔들었다.

"밥 먹으러 가자. 백일장에서 떨어져 밥맛이 없냐? 죽을 맛이냐?"

"원래 기대도 안 했어. 학교 빠지는 맛에 간 거야. 오늘은 무슨 반찬이지?"

나는 짐짓 큰 소리로 웃으며 교실을 나섰다.

복도를 지나 일층 현관문을 빠져나오는데 문호가 내 곁으로 걸어왔다.

"시인 나문호! 당첨 축하해! 상금 받으면 피자 한 판 쏴라."

녀석들은 당선을 당첨이라고 했다. 백일장이 잘 쓴 시를 뽑는 게 아니라 심사 위원들이 눈 감고 아무거나 고르는 제비뽑기였다면 얼마나 좋을까.

"축하해! 상 받았다고 대학교에서 먼저 연락 준 거야?"

나는 헛기침을 한 번 하고 나서 입을 열었다. 하지만 떨리는 목소리를 숨길 수는 없었다.

"어젯밤에 집으로 전화가 왔어. 올해부터 장원하면 문화부장

관상 준대."

문호의 들뜬 말투가 나를 초라하게 만들었다. 녀석은 내가 자신과 같이 백일장에 나간 걸 잊어버린 모양이다. 아니면 애초에 나는 학교를 빼먹는 맛에, 자신의 들러리로 백일장에 갔다고 여기나 보다.

"대학교에서 보내 준 공문 좀 보자. 일 학년 녀석들은 상 안 받았나? 일 학년에서 누가 나문호의 뒤를 이을까?"

문호가 주머니에서 종이를 꺼냈다. 나는 두 눈을 부릅뜨고 명단에서 내 이름을 찾았다. 차상, 차하 그리고 스무 명이나 뽑는 입선에도 설수혁은 없었다.

'심사 위원이 실수로 내 원고지를 떨어뜨린 건 아닐까? 어쩌면……'

여러 가지 생각 때문에 머릿속이 뒤죽박죽이어서 정신이 없었다. 또다시 명단을 보았지만 달라진 건 하나도 없었다. 심사 위원들이 미웠다.

"이번에도 넌 받을 줄 알았어. 시인 나문호, 멋지네."

나는 속마음과 다르게 호들갑을 떨었다. 비참했다.

급식소 문 앞에 교장 선생님이 식사를 마치고 서 있었다. 교장 선생님은 문호와 악수하며 간식으로 나온 딸기 우유를 건넸다. 녀석의 등 뒤에서 빛이 뿜어져 나왔다. 너무 눈이 부셔서 두 눈을 질끈 감았다.

점심을 거른 채 교실로 돌아왔다. 창밖을 내다보았다. 아이들은 신 나게 축구를 하고 있었다. 다들 아무런 고민도 없이 행복해 보였다. 교문 위에 현수막이 자랑스럽게 바람에 흔들렸다. 현수막이 보기 싫어서 커튼을 쳤다. 내 둘레가 어두워졌다. 깊은 땅속에 덩그러니 혼자 갇힌 기분이었다. 눈치 없이 꼬르륵 소리를 내는 배가 한심스러웠다.

학교 수업이 끝났다. 혼자서 교문을 빠져나왔다. 지금 내 마음을 헤아려 줄 사람은 아무도 없었다. 터벅터벅 걸었다. 봄바람이 불었다. 먼지가 풀풀 날렸고 황사 때문에 하늘은 뿌옇게 변했다. 학원에 갈 시간이었지만 가고 싶지 않았다. 가슴속이 텅 빈 것 같았다. 마땅히 갈 곳이 없어서 그냥 걷고 또 걸었다. 넋이 나간 사람처럼.

시를 잘 쓰기 위해서는 노력보다 재능이 중요한 걸까. 나는 문호보다 시집도 더 많이 읽고, 시도 더 열심히 쓴다. 그런데 왜 시를 못 쓰는 걸까. 상을 받았을 거라고, 아침부터 들떠 있던 내 자신이 안쓰러웠다. 내 곁을 지나가는 사람들은 모두 대단한 능력이 있는데 나만 무능한 것 같아서 내 머리를 세게 쥐어박았다.

어느덧 사방에 어둠이 깔렸다. 지친 몸을 이끌고 집으로 돌아갔다.

"문호는 장관상 받았다면서! 이젠 백일장 쏘다니지 말고 그 시간에 공부나 해라."

엄마가 연속극을 보며 심드렁하게 말했다.

"문호보다 내가 더 열심히 노력하는데 난 운이 없어! 실력은 비슷해."

나는 버럭 소리를 질렀다. 가슴에 담아 두었던 말이 한 번에 터져 나왔다.

"상 받고 싶으면 문호한테 써 달라고 부탁하든가! 노력해도 안 되면 포기해!"

엄마가 씩씩거렸다. 나는 문을 쾅 소리 나게 닫고 방 안으로 들어갔다. 엄마가 소리를 질렀다. 나는 입술을 지그시 깨물며 엠피스리 이어폰을 꼈다. 오늘따라 문호가 정말 얄미웠다. 아니다. 내가 미워하는 건 문호가 아니라 녀석이 가진 재능이었다. 이 지구가 흔들리도록 소리 지르고 싶었다.

나는 『시인을 꿈꾸는 젊은 그대에게』라는 산문집을 꺼냈다. 백일장에서 떨어질 때마다 읽어서 이젠 표지가 너덜너덜했다. 내가 세상에서 가장 좋아하는 시인이 그 책을 썼다. 시인도 학생 때 백일장에 나가서 한 번도 상을 받지 못했다고 한다. 하지만 좌절하지 않고 더 열심히 노력해서 지금은 좋은 시인이 되었다. 그 책을 읽으면 슬픔이 사라지고 마음이 넉넉해졌다. 시인은 이번에도 나를 달래 줬다.

두 끼를 굶었더니 속이 헛헛했다. 매운 떡볶이가 먹고 싶었다. 부엌에 가서 냉장고 문을 열었다. 부스럭거리는 소리에 엄마가 안방에서 나왔다.

"든든하게 먹어야 시를 쓰든 소설을 쓰든 하지."

엄마는 앞치마를 둘렀다.

이튿날 아침, 나는 일어나자마자 신문을 펼쳤다. 신문에는 '하루를 여는 시'라는 코너가 있었다. 좋은 시를 짤막하게 소개했다. 그 시를 읽으며 하루를 시작했다. 오늘의 시는 내 마음을 쿵 치게 만들었다. 좋은 시를 읽으면 삶이 아름다워진다. 시를 음미하며 사회면 기사를 읽었다. 내 눈을 잡아끈 기사는 대학교수들의 논문 표절이었다. 제자가 쓴 논문을 자기가 쓴 거라고 거짓말을 했다. 그 기사를 읽는 내내 분통이 터져서 신문을 덮어 버렸다. 요즘이야말로 좋은 시가 많이 필요한 때다. 사람들이 시를 많이 읽어야 마음이 따스해지고 세상이 올바르게 변할 것이다. 사람들의 가슴에 영원히 남는 시를 꼭 써야겠다.

클럽 활동 시간이었다. 문예부 교실에서는 축하 파티가 열렸다. 문호네 엄마가 피자와 치킨을 사 왔다. 일 학년 후배들은 문호를 우러러보며 닭 다리를 뜯었다. 샘났지만 모른 척, 나도 맛있게 먹었다.
선생님이 공문 한 장을 들고 교실에 들어왔다.
"교육청에서 학생 시화전을 하는데 문호는 이번 수상 작품 내면 되고, 다른 사람들은 내일까지 시 한 편씩 써 와라. 잘 쓴 작품을 고를 테니까. 그리고 다들 문호를 본받아서 상 좀 받아 와라. 다른 학교 문예부는 단체상, 우수교사상까지 받아 오는데!"

선생님이 문호를 한껏 치켜세웠다.

집으로 돌아와 컴퓨터 앞에 앉았다. 시를 쓰려고 한글 문서를 클릭했다. 한 글자도 쓰여 있지 않은 흰 공간이 눈앞에 나타났다. 두려웠다. 수영할 줄도 모르면서 흰 파도가 출렁이는 바다로 다이빙하려는 기분이었다. 하지만 나는 이때가 가장 행복하다. 흰 여백을 글자로 채워 갈 때 마음이 흐뭇해지고 배가 불렀다. 이번에는 좋은 시를 쓸 자신이 있었다. 밀도 있는 문장을 만들기 위해서 단어 하나도 허투루 쓰지 않으려고 애를 썼다.

"수혁아, 밥 먹어!"

엄마가 방문을 열었다. 시를 쓸 때는 바스락거리는 소리에도 짜증 날 때가 있다. 아무에게도 방해받고 싶지 않았다. 엄마에게 문 닫고 나가라고 턱짓을 했다.

"또 그 놈의 시 쓰냐? 시 쓰면 밥이 나와? 아니면 대학을 보내 주냐?"

엄마가 혀를 차며 방문을 닫았다. 저녁밥을 대충 먹고 다시 컴퓨터 앞에 앉았다. 창밖은 점점 어두워졌다. 시를 쓰면서 밤을 세면 피곤하기는커녕 정신이 더 맑아졌다. 이런 나를 다른 사람들은 이상한 눈초리로 바라본다. 하지만 상관없다.

휴대 전화의 알람 소리에 눈을 떴다. 깜빡 잠이 들었나 보다. 커튼 틈새를 비집고 새벽 여명이 들어오고 있었다. 정신을 바짝 차리고 어젯밤에 쓴 시를 읽어 보았다. 주제가 명징하게 나타나

있고 표현이 좋았다. 또 한 번 읽어 보며 시어를 다듬고 문장의 긴장감을 유지했다. 읽어 보니 괜찮은 것 같아 마음이 흡족했다.

선생님 책상 위에 시를 쓴 종이가 쌓여 있었다. 문호의 시가 눈에 띄었다. 빠르게 훑어보았다. 문화부장관상을 받을 만큼 뛰어나 보이지 않았다. 차라리 내 시가 더 좋아 보였다. 다른 녀석들의 작품도 한 번씩 읽어 보았다. 일 학년들은 아직 시 쓰는 게 서툴렀다. 나는 문호의 시 위에 내 시를 보란 듯이 올려놓았다.

교실에 돌아와서 연습장을 꺼냈다. 시화를 어떻게 그릴까. 어떤 색깔이 좋을까. 미술부에 있는 녀석한테 부탁할까. 나는 콧노래를 흥얼거리며 고민했다.

청소 시간이었다. 교실의 스피커에서 음악이 흘러나왔다. 음악에 맞춰 교실 바닥을 쓸고 있었다. 떠다니는 먼지 때문에 눈을 뜰 수 없었다. 갑자기 음악이 멈추면서 교내 방송이 나왔다.

"문예부 학생들은 모두 교무실로 모여 주십시오. 다시 한 번 알려 드립니다……."

시화전 때문이었다. 나는 빗자루를 동수에게 맡기고 교무실로 향했다.

교무실 앞에는 문호와 일 학년 녀석들 그리고 미술부 아이들이 서 있었다.

"시화전에 출품할 작품을 뽑았다. 자기 작품 없다고 농땡이 부리지 말고 도와줘라. 「바람은 흔들린다」, 「그 푸른 바다에서」,

이 작품 누가 쓴 거지? 표현이 참 좋아."

선생님이 말했다. 일 학년 후배 둘이 손을 번쩍 들었다. 나는 내 귀를 의심했다. 눈앞이 흐릿해지면서 다리에 힘이 풀렸다. 이제는 일 학년 녀석들보다도 시를 못 쓴다는 평가를 받는 건가. 문호가 어리둥절한 얼굴로 내게 귓속말을 했다.

"넌 시 안 썼어?"

"며칠 동안 몸이 안 좋아서 못 썼어."

아이들이 모두 교실로 돌아간 뒤 선생님 곁으로 다가갔다. 선생님은 서류를 정리하고 있었다. 나는 선생님 곁에서 잠깐 뜸을 들이다가 입을 열었다.

"선생님, 이번 시화전에 제 시는 왜 출품을 못하는 거죠?"

따지고 싶었지만 공손하게 물었다.

"수혁이가 무슨 시를 냈더라?"

선생님은 귀찮은 얼굴로 주섬주섬 서류 뭉치를 뒤졌다. 그때 옆에 있는 쓰레기통에 버려진 내 시가 보였다. 종이는 꾸깃꾸깃 구겨졌고 귀퉁이에 커피와 담뱃재가 잔뜩 묻어 있었다.

"제 시랑 문호 시의 차이점이 뭐죠? 전 그 차이를 잘 모르겠어요."

"시를 볼 줄 모르는데 어떻게 좋은 시를 쓰냐? 네가 쓴 시는 산문 같아!"

선생님은 딱 잘라 말했다. 뭐라고 대답해야 할지 몰라서 우물쭈물하다가 뒤돌아 나왔다. 구겨진 채 버려진 시는 내 자존심이었다. 옷을 발가벗고 있는 것처럼 창피했다. 나는 종례도 듣지 않고 학교를 빠져나왔다.

며칠 동안 고민한 끝에 대학로에 있는 '문청문학아카데미'에 갔다. 그곳은 문학 특기자를 지망하는 학생들에게 시와 소설을 가르쳐 주는 학원이다. 시 쓰기를 차근차근 배우고 싶었다. 엄마는 내 마음을 헤아려 주지 않았지만 나는 뜻을 굽히지 않았다. 결국 엄마는 마지못해 허락을 했다. 대신 다음 백일장에서 상을 받지 못하면 더는 시를 쓰지 않겠다는 조건을 달았다.

"잘 왔어요. 지난해 유명 대학교 문학 특기자들을 우리 아카데미에서 거의 다 배출했어요."

선생님은 신춘문예로 등단했지만 유명하지는 않았다. 나는 강의실 둘레를 두리번거렸다. 한쪽 벽 책장에는 책이 가득 꽂혀 있었고 칠판에는 그 동안 상을 받은 수강생들의 이름이 적혀 있었다.

커피메이커에서 커피가 끓었다. 선생님이 커피 한 잔을 건넸다. 헤이즐넛 향기가 참 좋았다. 그곳에 있으면 시가 저절로 써질 것 같았다.

"전 시를 잘 못 쓰는데 그래도 수업을 들을 수 있을까요?"

"재능은 만들어지는 거죠. 시 쓰는 법을 조금만 알면 백일장에서 수상할 수 있어요! 테크닉이 필요한 거죠. 상금 받고, 문예 장학생으로 대학 가면 일석이조잖아요."

선생님은 백일장 수상 작품집을 여러 권 꺼냈다. 거기에는 수상 작품과 수상자의 사진이 실려 있었다. 문호의 사진도 보였다. 녀석들이 쓴 수상 소감은 정말 멋졌다. 나도 상을 받아서 멋진 소감을 쓰고 싶었다. 머뭇거릴 시간이 없었다. 아카데미에 등록했다.

아카데미는 일요일마다 두 시간씩 창작 수업을 했다. 한 모둠에 다섯 사람, 모두 내 또래였다. 시를 써서 내면 학생들이 서로 작품을 토론하고, 마지막에 선생님이 평가를 했다. 이런 걸 '작품 합평'이라고 했다. 합평할 작품은 수업 시작하기 며칠 전에 아카데미 홈페이지 게시판에 올려놓아야 한다.

첫 수업 시간이 돌아왔다. 합평을 받는다는 부담 때문에 간밤에 잠을 설쳤다. 그래서 늦잠을 자고 말았다. 나는 택시를 타고 부랴부랴 아카데미에 도착했다.

강의실 문을 열었다. 둥근 탁자에 모두 빙 둘러앉아 있었다. 나 혼자 지각이었다. 나는 아이들과 눈인사를 나누고 빈자리에 앉았다. 녀석들의 눈에서는 번쩍 빛이 났다. 괜히 기가 팍 죽었다. 두꺼운 안경을 쓴 녀석은 처음 보는 시집을 읽으면서 수첩에 시를 베껴 쓰고 있었다.

"소문 들었냐? 희망대학교 문학 공모에 당선된 소설, 삼류 소설가가 대신 써 준 거래!"

머리를 하나로 질끈 동여맨 여자 애가 말했다.

"그렇게 할 수도 있어?"

나도 모르게 불쑥 입을 열었다. 목소리가 너무 커서 강의실이 울렸다.

"백일장은 그 자리에서 써야 하지만 공모전은 쓴 작품을 보내는 거잖아. 삼백만 원 주면 대필해 주는 작가도 있어. 등단만 하고 별 볼일 없는 작가들이 얼마나 많은데!"

안경 소년이 안경을 만지작거리며 말했다. 날아오는 돌멩이에 머리를 맞은 것처럼 아찔했다.

"그건 자기 작품이 아니잖아. 또 그렇게 하는 건 문학도의 자세가 아니지."

"일단 대학 입학이 중요하지. 대학 들어가면 처음부터 다시 차근차근 배울 테니까."

여자 애가 피식 웃으며 말했다. 내가 생각했던 문학은 이런 게 아니었다. 뭐가 옳은지 혼란스러워졌다. 내가 우러러보는 문학이라는 탑이 와르르 무너지고 있었다.

선생님이 커피잔을 들고 들어왔다.

"수업 시작하죠. 오늘은 은미의 작품을 먼저 합평하겠습니다."

멀리 떠나온 도시

김은미

초록물 젖은 눈꺼풀 깜박일 때마다/ 일제히 횡단보도 건너는 무리들/ 먼 소도시 태양 바싹 마른 왜소한 운명/ 소금 가루 묻힌 채/ 모퉁이 건어물 시장 입구로 흘러간다.// 뒷박에 담겨 꿈틀거리는 지느러미/ 곰팡이 낀 벽 노끈에 묶인 황태의 눈은 멀었다/ 몇 년 전 이 거리로 입양된 스무 살의 고아(孤兒)가 있다/ 의식 위 축축한 콘크리트 덧발리고/ 짠내음 소용돌이 일으키면/ 나는 그의 인기척 알아챌 수 있다.// 돌이켜보면 언제나 묶음의 서류 속/ 잘못 섞여든 낱장처럼 굴었던 나날들/ 그의 몸에서 풍기는 바다냄새/ 자꾸만 노란 어지럼증 인다.

"이 작품을 쓰게 된 계기가 뭐죠?"

한 녀석이 은미에게 물었다. 판사가 죄인에게 묻는 것 같았다. 순간, 볼펜 굴러가는 소리와 숨 쉬는 소리만 크게 들렸다. 은미는 기죽지 않고 또박또박 말했다.

"건어물 시장에서 본 비루한 삶을 표현하고 싶었습니다."

"시가 무척 관념적이에요. 또 제목이 작품을 이끌어 가지 못하고 있습니다."

안경 소년이 차갑게 말했다. 은미는 고개를 끄덕이며 지적사항을 공책에 적었다.

"자의식이 넘치는 것 같아요."

모자를 쓴 여자 애가 입을 열었다.

"분위기가 참 좋아요. 뚜렷하게 뭐라고 할 순 없지만 분위기가 장점입니다."

우리끼리 토론하는 동안 많은 이야기가 나왔다.

"은미는 점점 좋은 시를 쓰고 있어요. 강원도에서 서울까지 오는 보람이 있네요. 그런데 시는 꾸미는 게 아니죠. 자신의 목소리를 내야 합니다. 관념적인 단어를 빼세요."

선생님이 마지막으로 평가했다.

쉬는 시간이었다. 아이들은 화장실에 갔다. 강의실에 은미와 나만 남았다.

"강원도에서 여기까지 오려면 힘들겠네. 그런데 안 좋은 말 들으면 화 안 나?"

"욕을 많이 먹어야 시를 더 잘 쓰지. 백일장에서 장원을 해야 좋은 대학에 장학생으로 가는데 이 정도가 대수야?"

은미는 담담하게 말했다. 아이들이 하나 둘씩 강의실로 들어왔다. 안경 소년이 물었다.

"수혁이라고 했지? 한국대학교 백일장에 나갈 거야?"

"언제 열리는데?"

"정보가 늦네. 그 대학 문예창작과 교수들이 심사하니까 그분들이 어떤 시를 좋아하는지 알아봐."

안경 소년은 문학 특기자 준비를 오래 했는지 모르는 게 없었다. 나는 녀석들이 하는 말을 하나도 놓치지 않고 귀담아들었다.

선생님이 들어왔다. 나는 어깨를 잔뜩 움츠렸다. 사고를 쳐서 학생부장 선생님 앞에 잡혀 온 기분이었다.

"오늘 처음 온 설수혁 시인의 작품 합평을 하겠습니다."

선생님은 내게 눈을 찡긋해 보이며 웃었다. 시인이라는 말에 맥박이 빨라졌다.

장대비

설수혁

물방울이 여러여러 선 그으며 나리는 날
새까마한 아스팔트 한 길 위 바라보면
하이얀 불꽃놀이와 갈채소리 들려온다.

"창작 동기를 듣고 싶어요."

"장대비가 아스팔트 위에 쏟아지는 풍경을 그리고 싶었습니다."

나는 고개를 푹 숙이고 혼잣말처럼 중얼거렸다.

"운율을 맞춰서 그런지 좀 답답한 느낌이 듭니다."

구석에 앉은 아이가 손으로 볼펜을 굴리며 평론가처럼 말했다.

"상징이 너무 드러나요. 제목도 식상하고!"

"표현도 진부해요. 윤동주, 이육사 선생님이 쓴 시 같이 촌스러워요."

정신을 못 차릴 정도로 여기저기에서 많은 이야기가 쏟아졌다. 내 작품이 이렇게 부족한지 미처 몰랐다. 녀석들이 한 마디씩 할 때마다 가슴이 조마조마했다.

"수혁이는 아직 시의 운율을 제대로 살릴 줄 모르는 것 같아요. 일단 좋은 시를 많이 읽고 밀도 있는 언어를 사용하세요. 꾸준히 노력하면 좋은 시를 쓸 수 있어요."

선생님의 평가를 끝으로 합평이 끝났다. 창피해서 고개를 들 수 없었다. 오늘 결론은 한 마디로 정리를 하면 시를 못 쓴다는 것이었다. 이십 분 동안, 지옥에 갔다가 간신히 땅 위로 올라온 것 같았다. 놀이동산에서 롤러코스터를 타고 내린 듯 정신이 없었다.

며칠 뒤, 교문 게시판에 한국대학교 백일장 홍보물이 붙었다.

'나도 백일장에서 상만 받으면 시 잘 쓴다고 다들 인정하겠지!'

태어나서 처음으로 백일장 준비를 시작했다. 인터넷을 뒤져서 한국대학교 백일장 수상 작품을 읽었고 심사평을 꼼꼼하게 살피며 작품들을 분석했다.

아카데미 홈페이지에는 20년 동안 전국 백일장에서 상을 받은 작품들이 모두 올라와 있었다. 놀라운 것은 대학교 백일장 심사 위원이 늘 같다는 사실이었다. 그 대학교 국문과, 문예창작과 교수들이었다. 수상 작품을 눈여겨 살펴보니 일정한 틀이 있었다. 심사 위원이 언제나 같으니 수상작이 비슷한 건 당연한 일이었다.

학교에 오갈 때마다 당선 작품을 읽고 또 읽었다. 하도 많이 읽다 보니 작품들을 외우게 되었다. 지금 당장 좋은 시를 쓸 수는 없지만, 당선 작품을 쓸 자신이 생겼다.

백일장 날이었다.

한국대학교 강당에서 백일장 개회식을 했다. 강당은 아이들로 꽉 찼다.

"요즘은 다른 사람의 작품을 베끼는 일이 많아서 백일장 심사가 아니라 수사예요."

교수님이 마이크를 잡고 목소리를 높였다. '수사'라는 말에 여기저기서 웃음이 터졌다.

"제주도에서 온 녀석도 있어! 그 녀석은 상을 꼭 받아야겠네. 비행기표 값이 얼마야?"

문호가 백일장 참가 학생 명단을 훑어보았다. 참가자는 천 명이 넘는데 상은 고작 일곱 사람에게 돌아갈 뿐이었다.

강의실 안으로 들어갔다. 한 줄로 세워진 책상을 보니까 답답했다. 중학교 때 백일장에 나가면 넓은 잔디밭에 누워서 시원한 바람을 맞으며 글을 썼는데 요즘 백일장은 수학 능력 시험 같다. 삼엄한 분위기에 주눅이 들어서 글 쓸 맛이 안 났다. 앞에서 우리를 감독하는 대학생 형, 누나들의 눈초리가 사나웠다.

감독관 누나가 원고지를 나눠 주고 신분을 확인했다. 신분증을 가지고 오지 않은 녀석들에게는 자필 확인서를 받았다. 만약

상을 받으면 백일장 원고지에 쓴 글씨와 자필을 대조한다고 했다. 경찰보다 더 치밀했다. 이번 백일장 글감은 '백일장', '설거지' 두 가지였다. 두 시간 동안 흰 벽과 마주한 채, 빠르게 굴러가는 샤프펜슬 소리를 들으며 글을 써야 한다. 다들 긴장한 표정이었다.

"휴대 전화 사용하면 퇴장입니다."

누나가 딱딱하게 말했다.

백일장이 시작되었다. 얼마 지나지 않아 내 뒤에 앉은 녀석이 재채기를 했다. 아이들이 얼굴을 찡그렸다. 곧 언제 그랬냐는 듯이 모두 조용하게 글을 썼다. 벽에 걸린 시계의 분침이 빨리 움직였고 소리가 컸다. 나도 정신을 차리고 연습장에 글을 쓰기 시작했다.

뭘 쓸까. 곰곰이 생각해 보았지만 퍼뜩 떠오르는 게 없었다. 낭패였다. 소재를 듣는 순간 번뜩이는 그것을 잡아야 하는데. 열심히 쓰는 녀석들을 보니 걱정이 되었지만 어쩔 수 없었다. 흰 종이에 낙서를 하는데 시 한 편이 생각났다. 십 년 전에 어느 대학 백일장에서 우수상을 받은 작품이었다. 소재는 중간고사였다. 나는 '중간고사'라는 단어를 빼고 그 자리에 '백일장'을 넣어 보았다. 운율도 있고 백일장이 중간고사와 같다는 주제도 좋았다. 하지만 내 작품이 아니었다.

"삼십 분 남았습니다! 시간 되면 원고지 바로 걷어 갑니다."

누나가 매정하게 말했다. 시간은 자꾸 흘러갔다. 이번 백일장이 내게 마지막 기회라고 생각하니 낭떠러지 앞에 선 기분이었다. 엄마와의 약속만 기억날 뿐 머릿속은 텅 비어 갔다. 손이 부들부들 떨렸다. 이 시를 낼까, 아니면 백일장에 왔는데 글도 못 내고 허무하게 돌아가야 하나. 고민을 하는 사이 내 손은 원고지에 무엇인가를 쓰고 있었다. 「중간고사」라는 시였다. 마음이 무거웠지만 어쩔 수 없었다. 그러고는 맨 위에 '설수혁' 내 이름을 아주 작게 적었다. 등 뒤에서 식은땀이 흘렀고 입이 바짝바짝 탔다.

"수상자 발표는 다음 주 금요일이에요. 다들 고생했어요."

누나가 처음으로 빙그레 웃었다. 사람이 달라 보였다.

백일장이 끝나자 다들 걸상에서 일어났다. 걸상과 책상이 서로 부딪히는 소리가 요란했다. 그제야 삭막하던 강의실에 활기가 넘쳤다. 어깨가 쑤셨다. 백일장이 끝나면 긴장이 풀려서 이런 증상이 나타난다.

"잘 썼어? 이번에는 못 쓴 것 같아. 넌 어때?"

문호가 머리를 긁적이며 걱정했다.

"난 학교 빠지는 맛에 놀러 온 거잖아. 배고파. 떡볶이나 먹자."

우리는 대학교 정문 어귀에 있는 분식점으로 향했다.

월요일 아침, 변함없이 또 하루가 시작되었다.

버스에 올랐다. 책가방을 멘 아이들은 재잘거리기 바빴다.

오늘따라 몹시 후텁지근했다. 온난화 때문에 날씨가 이상해졌다. 봄, 가을이 없는 세상이 온 것 같다. 라디오에서는 오후에 비가 온다고 했다. 운 좋게 자리에 앉아 신문을 꺼내 들었다. 오늘 하루를 여는 시는 「시인선서」라는 작품이었다. 제목이 특이해서 웃음이 나왔다. 의사들이 히포크라테스 선서를 하는 것처럼 등단할 때 시상식장에서 읽으면 딱 이었다. 시를 읽으려고 하는데 간밤에 잠을 설쳐서 자꾸 하품이 나왔다. 신문을 접고 창문에 기대어 잠을 청했다.

첫 수업 시간에도 나는 꾸벅꾸벅 졸았다. 춘곤증 때문에 정신을 차릴 수가 없었다. 선생님에게 야단을 맞고서야 정신을 차렸다.

수업이 끝났다. 시원한 물 한 잔을 마시고 신문을 펼쳤다.

"설수혁! 문예부 선생님이 오래!"

동수가 심드렁하게 말했다. 문예부 선생님이 나를 왜 찾지? 친하지도 않은데. 고개를 갸우뚱거리며 교무실로 갔다. 선생님은 나를 보자마자 음료수를 주며 머리를 쓰다듬었다.

"드디어 해냈구나. 축하해. 고진감래야. 지금 막 한국대에서 연락 왔어. 네가 백일장에서 우수상을 받는다고."

"네? 정말요?"

나는 큰 소리로 되물었다. 믿기지 않았다. 가장 먼저 떠오른 것은 엄마와 아빠의 얼굴이었다. 그리고 산문집을 쓴 시인 선생님에게 넙죽 큰절이라도 올리고 싶었다. 겨드랑이에서 날개가 솟아나 하늘을 훨훨 날 것 같았고 운동장 한복판에 서서 소리를 지르고 싶었다.

"여기에 서명해라. 학교에는 금요일에 공문을 보내서 정식으로 통보할 모양이야."

선생님이 종이 한 장을 내밀었다. 수상자 확인서였다. 확인서를 천천히 읽어 보았다.

한국대학교에서는 백일장 수상 작품을 모아서 책으로 출간할 계획입니다.

−수상자 동의 사항−

표절, 모방 등의 사실이 확인될 경우 1)입상을 취소 2)이로 인하여 본 상과 주최 기관에 손해가 발생하였을 경우, 민사 형사상 법적 책임을 묻고 해당 학교장에게 통보함.

마지막 문장을 읽는데 다리가 후들거렸다. 그때 수업종이 울렸다.

"책을 발간했는데 표절 작품이 실리면 다 버려야 하니까 미리 확인하는 거야. 급한 건 아니니까 다음 쉬는 시간에 하자. 다시 한 번 축하해!"

선생님은 서둘러서 교실로 향했다.

나는 교실을 지나쳐 화장실로 갔다. 세면대에 물을 틀고 얼굴을 씻었다. 울고 싶었다. 그 작품을 내 것이라고 우길 수 없는 상황이었다. 인터넷에 수상 작품이 올라가면 금방 탄로 날 것이다. 표절했다는 오명도 무서웠지만 더 큰 문제는 민형사상 책임이었다. 경찰서에 붙잡혀 갈 수도 있어 숨이 탁 막혔다.

손으로 얼굴에 묻은 물기를 훔치고 교실로 들어갔다. 정치 시간이었다. 선생님은 얼른 앉으라고 턱짓을 했다. 책상 위에 신문이 있었다. 시 「시인선서」가 내 눈길을 붙잡았다.

시인선서

김종해

시인이여./ 절실하지 않고 원하지 않거든 쓰지 말라./ 목마르지 않고, 주리지 않으면 구하지 말라./ 스스로 안에서 차오르지 않고 넘치지 않으면 쓰지 말라./ 물 흐르듯 바람 불듯 하늘의 뜻과 땅의 뜻을 좇아가라./ 가지지 않고 있지도 않은 것을 다듬지 말라./ 세상의 어느 곳에서 그대 시를 주문하더라도 그대의 절실성과 내통하지 않으면 응하지 말라./ 그 주문에 의하여 시인이 시를 쓰고 시 배달을 한들 그것은 이미 곧 썩을 지푸라기 詩이며, 거짓말시가 아니냐./ 시인이여, 시의 말 한 마디 한 마디가 그대의 심연을 거치고 그대의 혼에 인각된 말씀이거늘, 치열한 장인의식 없이는 쓰지 말라. 장인(匠人)의 단련을 거치지 않은, 얼마나 가짜시가 들끓는가를 생각하라./ 시인이여, 시여, 그대는 이 지상을 살아가는 인간의 삶을 위안하고 보다 높은 쪽으로 솟구치게 하는 가장 정직한 노래여야 한다./ 그대는 외로운 이, 가난한 이, 그늘진 이, 핍박받는 이, 영원 쪽에 서서 일하는 이의 맹우여야 한다.

시를 읽는데 심장이 멎는 줄 알았다. 부끄러워 얼굴을 들 수
없었다. 시인이 내게 손가락질하고 있었다. 시 옆에 제자의 논
문을 표절한 교수를 비판하는 내용의 사설과 기사가 있었다. 그
교수의 웃는 얼굴이 꼭 내 얼굴 같았다. 내가 그 교수를 욕했던
게 떠올랐다. 그 욕은 설수혁, 내 자신에게 해야 했다. 나는 거
짓말쟁이, 도둑놈이다. 내가 왜 그런 짓을 했을까.

수업 시간이 어떻게 지나갔는지 모르겠다. 쉬는 시간에 교무
실 앞에서 몇 번을 망설이다가 선생님에게 사실을 털어놓았다.
선생님은 화가 났는지 아무 말도 하지 않았다.

"선생님, 비밀로 해 주세요."

다른 사람들에게 들릴 듯 말 듯한 목소리로 말했다.

"부끄러운 건 아냐? 너 같은 놈은 시 쓸 자격 없어!"

선생님은 수상자 확인서를 찢어서 휴지통에 버렸다. 차라리
선생님이 내 뺨을 세게 후려쳤으면 속이 후련할 텐데.

봄비가 추적추적 내렸다. 우산도 없이 비를 맞으며 걸었다.
길에는 군데군데 웅덩이가 생겼고 바지에 흙탕물이 묻었다. 마
음이 착 가라앉았다. 내 자신이 싫었고 엄마 아빠를 볼 낯이 없
었다. 눈물이 날 것 같았지만 꾹 참았다.

"이게 무슨 일이야?"

엄마는 비에 흠뻑 젖은 나를 보며 마른 수건을 가져왔다. 나는 물기를 대충 닦고 방에 들어가서 엠피스리 이어폰을 귀에 꽂았다. 사람들이 나를 욕하는 것 같아 귀를 틀어막았다.

엠피스리에서 라디오가 나왔다. 어느 개그맨이 음악 프로그램에 나와 울먹거렸다.

"저는 살리에르 증후군이 있어요. 재능을 가진 개그맨 친구를 이길 수 없더군요."

그 이야기를 듣는데 가슴이 먹먹해지면서 눈물이 핑 돌았다. 모차르트의 친구, 살리에르! 아무리 열심히 해도 천재 모차르트를 이길 수 없어서 절망했다는 그 절절한 마음을 알 것 같았다.

컴퓨터를 켜서 한글 문서를 클릭했다. 뭔가를 쓰지 않으면 답답해서 가슴이 터질 것 같았다. 미친 듯이 키보드를 두드렸다. 아카데미 홈페이지에 편지를 올릴 생각이었다. 다음부터 나가지 않겠다고 말해야 한다. 한 줄 한 줄 써 내려갈 때마다 서글퍼서 견딜 수가 없었다.

편지를 다 쓰고 일기를 썼다. 백일장에서 내가 어떻게 했는지 시원하게 털어놓고 싶었다. 일기는 살리에르 증후군을 앓고 있는 개그맨 이야기로 시작했다. 재능을 갖지 못한 게 얼마나 비참한지 써 내려갔다. 그러고는 백일장에 나가서 왜 그런 짓을 했는지도 적었다. 누군가에게 말하고 싶었다.

한 문장 두 문장 쓰다 보니 그 동안의 아픔이 사라졌다. 나는 글로 고해성사를 하는 죄인이었다. 이렇게 해서라도 용서받을 수 있다면 얼마나 좋을까.

　몇 시간이 흘렀다. 일기를 다 썼다. 홀가분한 마음으로 먼저 아카데미 홈페이지에 편지를 첨부 파일로 올려놓았다. 아카데미 홈페이지에 오래 머물고 싶지 않았다. 회원 탈퇴를 신청했다.

　그다음 할 일은 산문집을 버리는 것이었다. 내가 산문집을 읽는다는 건 그 시인에 대한 모독이었다. 책을 꺼내서 주차장에 있는 재활용 수집함에 갖다 버렸다.

　밖은 비가 온 뒤라서 눅눅했다. 나는 하늘을 올려다보았다. 별도 달도 뜨지 않은 캄캄한 밤이었다. 내 자신도 세상 어딘가에 버려진 기분이었다. 그 책이 없는 책장은 얼마나 허전할까. 존경하는 스승이 세상을 떠나간 것 같았다. 나는 눈에 힘을 줬다. 설수혁은 눈물을 흘릴 자격도 없는 놈이다. 이제 나는 내 꿈을 버렸다. 가슴이 아프지만 어쩔 수 없었다. 다 내가 저지른 일이었다.

　나는 평범한 학생이 되었다. 책장에 있던 시집들은 창고 구석에 숨겨 놓았다. 시집이 있던 자리에는 참고서가 꽂혔다. 엄마는 그런 내가 대견한 모양이었다. 마음이 텅 빈 것 같아 열심히 공부를 했다. 뭔가를 해야 할 것 같았다. 하지만 행복하지는 않았다. 나는 꿈이 없는 사람이었다. 초조하고 불안했다. 꿈이 없다는 게 슬픈 일이라는 것은 금방 알게 되었다. 좋은 대학을 가는 게 내 꿈이 되어 버렸다. 대학을 다니며 영어 공부를 열심히 하고, 졸업할 때쯤에는 세상 눈치를 살피며 적당한 직장을 찾게 될 것이다. 생각만 해도 가슴이 답답해서 울컥했다.

모의고사를 보고 곧장 집으로 가는 버스를 탔다. 평소보다 점수가 25점이나 올랐지만 기쁘지 않았다. 휴대 전화 벨이 울렸다. 엄마였다.

"모의고사 잘 봤어?"

"이 점수만 유지하면 엄마가 원하는 법대 갈 수 있대."

엄마는 내 점수를 확인하더니 기뻐서 소리를 질렀다.

"맛있는 거 먹자. 얼른 집으로 와. 아빠한테도 전화할게."

엄마에게 오랜만에 효자 노릇을 톡톡히 했다. 그런데 왜 한숨이 나올까. 요즘은 넋을 놓고 사는 얼빠진 녀석이 된 것 같다. 시를 쓰며 밤을 지새우던 그 뜨거운 심장은 도대체 어디로 사라진 건지 내 자신에게 묻고 싶었다.

자리에 앉아 모의고사 시험지를 꺼내서 틀린 문제를 확인할 때였다. 문자 하나가 날아왔다. 은미였다.

소설 제목은 정했어?

다른 사람한테 가야 할 문자가 내게 온 것이었다. 삭제 단추를 눌렀다.

잠시 뒤, 전화벨이 요란하게 울렸다. 또 은미였다. 받을까 말까 망설였다. 시끄러운 벨소리에 사람들이 싫은 표정을 지었다. 어쩔 수 없이 통화 버튼을 눌렀다.

"오랜만이네. 왜 수업 안 나와?"

"홈페이지에 올린 편지 안 읽었냐? 나 지금 바빠! 용건이 뭐야?"

나는 퉁명스럽게 쏘아붙였다. 아카데미 아이들과는 이야기를 나누고 싶지 않았다. 녀석들을 생각하면 내 자신이 초라해 씁쓸했다. 지난 잘못을 녀석들이 알고 있을 것 같아 두렵기도 했다.

"소설 잘 썼더라! 또 소설 쓰면 나한테 먼저 보여 줘. 지금 막 학원 수업 시작해서⋯⋯."

은미는 다짜고짜 칭찬을 하더니 전화를 끊었다. 무슨 말인지 도통 알 수 없었다. 귀신에 홀린 것 같이 정신이 없었다. 다행히 표절 사건은 소문나지 않은 모양이다.

집에 도착했다. 엄마는 머리를 만지며 외출 준비를 하고 있었다.

"뭘 먹지. 패밀리 레스토랑이 새로 생겼다던데 거기 갈까?"

엄마가 말했다. 오락 프로그램을 보던 수현이는 좋아서 호들 갑을 떨었다. 나는 피곤해서 잠깐 쉬려고 소파에 드러누웠다. 마침 그 개그맨이 텔레비전에 나왔다. 살리에르 증후군. 그리고 은미의 전화. 아차, 싶었다. 갑자기 피가 거꾸로 치솟는 기분이 었다.

방으로 달려가 컴퓨터 전원을 켜고 인터넷 창을 열었다. 가슴이 바짝바짝 타들어 갔다. 수상자 발표보다 더 떨렸다. 아카데미 홈페이지에 로그인을 하려는데 아이디가 없었다. 은미에게 문자를 보냈더니 자신의 아이디와 비밀번호를 문자로 알려 주었다.

아카데미 홈페이지에 들어갔다. 낯선 기분을 느낄 겨를도 없이 자유게시판을 클릭했다. 그 사이 새로운 글이 많이 올라와 있었다. 내가 마지막으로 올린 글을 찾아 마우스를 눌렀다. 제발, 제발, 마음속으로 간절하게 기도했다. 설마 그런 실수를 했을까.

내 글 밑에는 무척 많은 댓글이 달려 있었다. 댓글을 읽기 전, 나는 먼저 첨부 파일로 올린 편지를 클릭했다. 그런데 편지 대신 일기 파일이 나타났다. 이럴 수가! 그날 울적해서 정신없이 글을 쓰다가 파일을 잘못 올린 것이다. 내 잘못을 스스로 소문내고 다닌 꼴이었다. 얼굴이 화끈거렸다. 난 무엇 하나 제대로 하는 게 없는 바보다.

떨리는 가슴을 억누르며 댓글을 읽었다. 백일장 표절 이야기가 나왔을 텐데, 겁이 났다. 내가 댓글 밑에 대답을 하지 않자 녀석들끼리 묻고 답해 놓았다.

▶수혁이는 시보다 소설을 더 잘 쓰잖아.

▶매우 사실적이라서 좋았어. 살리에르 증후군을 앓는 개그

맨 이야기도 재미있고.

▶그런데 왜 제목을 정하지 않은 거야? 문장을 다듬으면 좋은 글이 될 거야.

댓글을 읽는 동안 가슴 한구석에 쌓인 설움이 녹아내리는 느낌이었다.

▶근데 끝이 너무 비극적이야. 희망적이면 더 좋을 텐데.
▶요즘 고등학생들이 쓴 소설은 재미는 있는데 울림이 없어. 그런데 이 작품은 구성과 문장은 어설프지만 진정성이 느껴진다. 주인공의 아픔이 가슴에 와 닿아.

마지막 댓글은 선생님이 달았다.
가슴에서 뜨거운 것이 꿈틀거렸다. 캄캄한 동굴 속에 웅크리고 있던 내가 밖으로 한 걸음 내딛는 순간이었다. 멀리 한 줄기 빛이 보였다.

＊작품 속에 쓰인 습작 시 : 좌상윤의 「장대비」(148쪽)

한파주의보

"뽕미 씨, 뽕미 씨!"

아빠가 애교스럽게 아줌마를 부를 때마다 내 팔뚝에 닭살이 돋았다.

아줌마를 바라보는 아빠의 눈빛은 느끼했다. 뽕미 씨를 '아기야, 자기야!' 이렇게 부르지 않는 게 그나마 다행이었다.

아빠는 나와 단둘이 있을 때면 누가 더 오래 침묵하나 내기를 하는 것처럼 입을 꾹 다물었다. 그런 사람이 아줌마에게는 시도 때도 없이 전화를 걸어 점심때 뭘 먹었는지, 기분은 어떤지 등등 쓸데없는 이야기를 나누었다. 아줌마와 공식적으로 사귀기 시작할 때는 군복 같은 구질구질한 바지를 벗어던지고 타이트한 청바지를 입고 나타나기도 했다. 요즘 아빠를 보면 '팔불출'이란 단어의 뜻을 정확하게 알 수 있다.

아빠가 팔불출 행동을 할 때마다 나는 돌아가신 엄마를 떠올렸다. 아빠는 엄마를 까맣게 잊어버린 눈치였다. 늘 어둡고, 어깨가 축 늘어진 채 지내던 아빠가 '뽕미 씨'를 만나 환하게 웃어서 보기 좋았지만 한편으로는 섭섭했다.

아빠와 아줌마가 한복으로 갈아입고 할머니에게 세배를 했다.

"시원한 식혜 한 잔씩 마시자."

할머니가 말했다. 아줌마가 식혜를 벌컥벌컥 마시더니 시원하게 트림을 했다. 느닷없는 상황에 나는 웃음을 참느라 고개를 돌렸다.

"식구끼리 어때요! 그렇죠? 설날 때마다 혼자 떡국 먹었는데, 가족이랑 같이 먹어서 맛있어요. 어머니 음식 솜씨 최고예요."

아줌마는 방귀를 뀌어도 어깨를 으쓱거릴 기세였다.

아줌마의 이름은 나봉미. 서른다섯 살이지만 이십 대 후반이라고 해도 믿을 만큼 동안이다. 얼굴에 주름살이 하나도 없었고 피부는 투명하다. 또 '몸뻬'에 익숙한, 펑퍼짐한 몸매가 아니다. 청바지가 잘 어울리는 '뒤태'가 살아 있는 끌밋한 체형이다.

"진오가 올해 중학교 3학년 되니까 네가 신경 좀 써라. 진오도 아줌마 말 잘 듣고! 이제 내 마음이 푹 놓이는구나. 네가 낳은 아들이라 생각하고……."

"걱정 마세요. 백설 공주, 콩쥐 팥쥐 시대도 아니고. 같이 살면 가족이죠."

나봉미 여사님은 나를 보며 눈을 찡긋거렸다. 나는 머쓱해서 고개를 창밖으로 돌렸다.

시골집 마당에는 눈이 많이 쌓였다. 설 차례를 지낼 때보다 눈이 더 거세게 내렸다. 텔레비전 뉴스에서는 20년 만의 폭설이라고 했다. 3일 전, 시골로 내려올 때까지만 해도 날씨가 포근했다. 그런데 시골에 도착할 무렵부터 바람이 거세지더니 눈이 무섭게 내리기 시작했다. 서울에는 한파주의보가 내려졌다.

"눈 더 쌓이면 운전하기 힘들어. 서둘러서 올라가야지."

할머니가 부산스럽게 설음식을 챙겼다. 그때 최신 유행하는 트로트 가요 〈당신이 최고야!〉라는 노래가 흥겹게 울려 퍼졌다. 아빠가 휴대 전화를 꺼냈다. 분명 아줌마가 벨소리를 다운받아 주었을 것이다. 아들보다 당신, 뽕미 씨가 최고인가 보다.

아빠가 전화 통화를 끝냈다. 작은할아버지네 비닐하우스가 폭설에 무너졌다는 소식이었다. 아빠는 시골에 며칠 더 남아 작은할아버지를 도와드리기로 했다.

"뽕미 씨, 진오랑 버스 타고 먼저 집에 가요."

아빠가 전화로 시외버스 표를 예매했다. 폭설 때문에 시골에 내려오지 않은 사람이 많아 자리가 있었다.

"잘됐네. 열여섯 꽃미남하고 오붓하게 데이트나 해야겠다."

아줌마는 할머니가 건넨 음식 보따리를 챙겨 들고 밖으로 나갔다. 할머니가 나를 측은하게 바라보더니 눈시울을 붉혔다. 할

166

머니의 눈빛을 보니 마음이 울컥해서 순간 고개를 돌려 손등으로 눈가를 비볐다.

아줌마와 아빠는 2주 전에 결혼을 했다. 엄마는 내가 초등학교에 들어갈 때 돌아가셨고, 그 뒤 할머니가 우리 집에 살면서 나를 챙겼다. 지난해, 할머니도 몸이 안 좋아져 공기가 맑은 시골로 내려가야 했다. 그러자 아빠가 결혼을 서둘렀다.

아줌마는 아빠의 거래처 직원이었다. 아줌마도 재혼이었지만 아이는 없었다.

"어머니, 날씨 풀리면 놀러 오세요. 제가 맛있는 음식 해 드릴게요!"

아줌마가 어머니라고 말할 때마다 할머니는 웃기 바빴다. 나 빼고 모두 나봉미 여사님한테 푹 빠졌다.

아빠가 차의 시동을 켰다. 아줌마가 아빠 옆에 딱 붙어 앉았다. 늘 내가 앉던 자리를 아줌마가 차지했다. 나는 뒷자리에 털썩 앉았다.

차 안은 훈훈했다. 히터 때문인지, 아니면 구혼부부의 닭살 애정 행각 때문인지 모르겠다. 따스한 공기 때문에 창문에 맺힌 물방울이 무릎 위에 떨어졌다. 차가워서 짜증이 났다. 두 사람은 뒤에 앉아 있는 나를 투명 인간으로 여겼다. 뻘쭘해진 나는 라디오 뉴스에 집중하는 시늉을 하며 고개를 끄덕였다. 북한 핵 문제는 설 연휴에도 시끄러웠다.

차가 터미널에 도착했다. 아빠는 아줌마와 포옹을 하고서 바로 작은할아버지 댁으로 향했다. '해외로 떠나는 것도 아닌데 웬 포옹?' 나는 속으로 비아냥거리며 터미널 안으로 들어갔다. 짐 보따리를 든 사람들로 북적거렸다.

아줌마가 버스표를 끊어 왔다. 아줌마와 나, 이렇게 달랑 두 사람만 있는 것은 처음이었다. 다른 사람들은 쉬지 않고 수다를 떨고 시원스레 웃기 바쁜데 아줌마와 나 사이에는 차가운 바람만 쌩 불었다. 아줌마와 며칠을 보낼 생각을 하니 초딩 때 입었던 옷을 지금 입은 것처럼 답답했다.

"춥지?"

아줌마가 내 목도리를 단단하게 묶어 주었다. 옅은 화장품 냄새가 훅 풍겼다. 오랜만에 맡아 보는 여자 화장품 냄새는 향기로웠다.

"진오야, 호빵 먹을래?"

"괘, 괜찮아요. 아침밥을 많이 먹어서."

나는 대충 둘러대며 주머니에서 엠피스리를 꺼내 전원을 눌렀다. 배터리가 없었다. 음악을 듣고 있으면 아줌마가 말을 덜 시킬 텐데, 되는 일이 하나도 없다.

아줌마는 옆에 있는 분식 코너에서 호빵을 먹었다.

나는 팥을 너무 싫어한다. 몇 년 전에 팥빙수를 먹고 배탈이 나서 일주일 동안 병원 신세를 졌다. 그 뒤 팥이 든 음식만 보면 속이 울렁거렸다.

난 팥빙수보다 과일빙수를, 붕어빵보다 호떡을 더 좋아한다.

팥보다 더 싫은 건 마늘이다. 아줌마가 끓인 시금치 된장국을 먹고 화장실로 달려가고 싶었지만 꾹 참았다. 국에 다진 마늘을 그리도 많이 넣을 줄이야. 아줌마는 음식에 꼭 마늘을 넣었고, 팥이 듬뿍 들어 있는 빵만 골랐다. 아줌마와 나는 취향이 너무 달랐다. 사소한 것부터 하나하나 맞춰 가며 살아가야 한다니. 막막하기만 했다.

"떡국 먹고 체했나 봐. 이럴 땐 더 많이 먹어야 체한 게 쑥 내려가지."

아줌마는 호빵 세 개를 먹고 어묵 국물을 들이켰다. 그러고는 잊지 않고 또 트림을 했다.

버스가 왔다. 아줌마와 나란히 의자에 앉았다. 나는 음악을 듣는 척 이어폰을 귀에 꽂고 눈을 감았다. 아줌마가 말을 시키려고 하다가 입을 다물었다. 이어폰에서는 아무 소리도 들리지 않았다.

아줌마와 나는 서울 시외버스 터미널에서 택시를 타고 집으로 향했다.

서울은 시골보다 바람이 더 차가웠고 길거리에 눈이 많이 쌓여 있었다. 눈은 이미 그쳤다. 인적이 드문 길에 쌓인 눈은 무릎까지 올라올 정도였다. 길이 미끄러워 지나가는 차도 없었다. '러시아의 수도 모스크바에 왔나?' 하는 착각이 들었다.

택시에서 내렸다. 빌라 앞에도 눈이 쌓여 있었다. 계단을 따라 4층으로 올라가며 복도에 있는 창문을 열어 보았다. 문 둘레에 얼음이 꽁꽁 얼어서 열리지 않았다.

아줌마가 현관문을 열자 차가운 기운이 우리를 맞이했다. 온몸을 움츠리며 천천히 신발을 벗고 집 안으로 들어갔다. 방바닥에 얼음 카펫이 깔린 줄 알았다. 나는 보일러의 전원을 누르고 온도를 높였다. 점퍼를 벗을 엄두가 나지 않아 그대로 입고 방문을 열었다. 하얗게 얼음꽃이 핀 창문은 손가락으로 살짝만 건드려도 분명 금이 갈 것 같았다.

나는 방문을 닫았다. 아줌마는 아빠처럼 불쑥 내 방문을 열지 않고 노크를 하겠지. 그제야 마음이 편안해졌다. 저녁밥도 혼자 내 방에서 먹었으면 좋겠다.

양말을 벗었더니 발에서 냄새가 나는 것 같아 샤워를 하고 싶었다. 그런데 아줌마가 있을 때 샤워를 하면 옷을 입고 나와도 민망했다. 친구들은 엄마 앞에서 팬티만 입고도 잘 돌아다니다던데. 녀석들이 부러웠다.

샤워를 하기 전 베란다로 갔다. 건조대에 걸린 내 추리닝과 티셔츠를 걷었다. 그 옆에 아줌마의 브래지어와 레이스가 달린 분홍색 팬티가 걸려 있었다. 아줌마의 속옷을 볼 때마다 기분이 이상했다. 못 본 척해야 할 것 같아 눈을 돌렸지만 자꾸 보게 되었다. 그 옆에 내 검은색 삼각팬티가 있었다. 나는 아줌마가 볼까 봐 팬티를 바지 주머니에 숨겼다.

추리닝과 티셔츠를 챙겨 욕실로 가려고 베란다 문을 열었다.

"큰일 났어. 물이 안 나와!"

아줌마가 놀란 목소리로 말했다. 나는 대수롭지 않게 부엌 개수대의 수도꼭지를 틀었다. 콸콸 쏟아져야 하는 물이 한 방울도 떨어지지 않았다. 태어나서 처음 겪는 일이었다.

욕실 문을 열었다. 욕실 벽도 꽁꽁 얼어 냉동실이 따로 없었다. 차가운 냉기에 정신이 번쩍 들었다. 서둘러서 물을 내렸지만 물은 나오지 않았고 바람 빠지는 소리만 들렸다.

"날씨가 추워서 수도가 얼었나 봐. 시골에 갈 때 물 조금 틀어 놓을걸."

"아빠한테 전화해서 당장 오라고 할게요."

"아빠 올라오면 작은할아버지네 비닐하우스 못 고치잖아. 그리고 급하게 올라오다가 빙판길에서 교통사고 날 수도 있어. 우리끼리 고쳐 보자."

아줌마가 차분하게 말했다.

"수도 계량기를 녹여야 하지 않아요? 뉴스에서 본 적 있는데."

"가스버너로 녹이면 계량기가 터질 수도 있어. 뭐든 급하게 하면 일이 더 커지는 법이야. 대신 뜨거운 물을 부어 보자."

아줌마가 물을 끓이려고 개수대의 물을 틀었지만 물은 나오지 않았다. 아줌마가 뒤를 돌아보며 피식 웃었다. 나는 냄비를 들고 옥상에 올라가 냄비에 눈을 담아 왔다. 아줌마가 냄비를 가스레인지 위에 올려놓았다. 눈이 녹으면서 물이 되었고 끓기 시작했다. 에스키모가 따로 없었다. 나는 그 물을 욕실 구석에 있는 계량기 위에 천천히 부었다. 하지만 달라지는 건 없었다.

"빌라 전체 계량기가 언 건 아니겠지?"

아줌마는 두툼한 목장갑을 끼고 1층으로 내려갔다. 아줌마가 뭘 하는지 보고 싶었지만 창문이 열리지 않았다. 어쩔 수 없이 뒤쫓아 갔다.

아줌마는 주차장 구석에 쌓인 눈을 치우고 수도 계량기 상자를 열었다.

"다른 집들은 물을 조금 틀어 놓았나 봐. 수도 계량기가 돌아가고 있어. 수돗물이 한 방울씩만 흘러도 절대 얼지 않거든."

아줌마는 집으로 올라가면서 1층부터 3층까지 집집마다 초인종을 눌렀다. 아무런 소리도 들리지 않았다. 물을 빌릴 수 없게 되자 아줌마는 허탈한 표정을 지었다.

"철물점에 언 수도 녹인다고 써 붙여 놓았던데. 아저씨 불러 올까요?"

"설날이라서 문 닫았지. 날씨 풀리면 저절로 녹으니까 걱정하지 마. 시간이 해결해 줄 거야."

아줌마는 집에 있는 수도꼭지를 모두 틀어 놓았다. 수도가 녹아 물이 나왔는데 수도꼭지를 안 틀어 놓으면 수도관이 터질 수 있다고 했다.

"아빠도 이럴 땐 당황했을 텐데 아줌만 걱정 없나 봐요."

"돈이 없어 낡은 집에서 자취를 많이 했는데 겨울마다 수도가 얼었어. 혼자 오래 살았더니 일도 많이 겪고 고생도 꽤 했지. 난 전자 제품도 잘 고치고 운전도 잘해. 다음에 베스트 드라이버의 솜씨를 보여 줄게."

아줌마는 손으로 핸들을 잡고 운전하는 시늉을 했다.

보일러 돌아가는 소리가 또렷하게 들렸다. 집 안이 따뜻해졌다. 시계를 보니 벌써 다섯 시가 넘었다. 배가 고파서 할머니가 싸 준 설음식 보따리를 풀었다. 동그랑땡과 잡채를 보자 입에 침이 고였다. 나는 동그랑땡을 집어 먹으며 밥주걱을 들고 밥솥 뚜껑을 열었다. 밥솥은 텅 비어 있었다. 아줌마가 밥을 하려고 양푼을 꺼냈다가 개수대 위에 내려놓았다. 쌀 씻을 물이 없었다.

동그랑땡과 잡채를 한 번에 먹었더니 목이 막혔다. 주먹으로 가슴을 치며 냉장고 문을 열었지만 마실 물도 없었다. 아줌마가 약상자에서 드링크 소화제를 꺼내 주었다. 소화제를 물처럼 마셨더니 식도에 걸린 음식이 시원하게 내려갔다. 나는 더 이상 음식에 손도 대지 않았다.

이번에는 오줌이 마려웠다. 터미널 화장실에서 볼일을 보고 올걸! 후회를 하며 화장실에 가서 볼일을 보았다. 그러고는 늘 하던 대로 물을 내렸다. 난감해졌다. 큰일을 보았으면 정말 큰일 날 뻔했다. 변기에 하얀 거품이 생겼고 지린내까지 풍겼다. 나는 이맛살을 찌푸리며 변기 뚜껑을 닫았다. 아줌마가 뚜껑을 열면 어떤 표정을 지을까? 상상만 해도 끔찍해서 귀까지 빨갛게 달아올랐다. 아무도 변기 뚜껑을 열지 못하게 변기와 뚜껑을 테이프로 붙여 놓고 싶었다.

노크 소리가 들렸다. 깜짝 놀라 문을 잠그고 대꾸만 했다.

"물 사러 갔다 올게. 필요한 거 없어?"

없다고 말하자 아줌마는 밖으로 나갔다. 나는 그 사이에 옥상에 뛰어가서 들통 가득 눈을 담아 왔다. 그러고는 들통을 가스레인지 위에 올려서 불을 가장 세게 높였다. 아줌마가 다시 들어오면 어쩌지? 마음이 초조해졌다. 눈은 금방 녹아서 물이 되었다. 그 물을 변기에 부었더니 오줌이 깨끗하게 내려갔다. 물 내려가는 소리가 경쾌했다.

텔레비전을 보려고 소파에 드러누웠다. 오락 프로그램에 연예인 가족들이 나와서 왁자지껄 게임을 했다. 쉬지 않고 떠들던 아줌마가 없어서 편했지만 허전했다. 큰 집에 덩그러니 혼자 앉아 있으니까 외톨이가 된 기분이었다.

아줌마가 물을 얼마나 사 올까? 물을 마시고, 양치하고, 밥을 하고…… 내일까지 쓰려면 많이 필요했다. 달랑 한 병만 사 오면 모자라서 밤에 내가 또 사러 가야 할 것이다. 같이 가서 많이 사 올까? 아줌마 혼자서 무거운 생수를 들고 오다 빙판에 미끄러질 수도 있을 텐데. 나는 점퍼를 입고 가게로 향했다.

밖은 벌써 어둑어둑해졌고, 사방이 진한 청색빛이었다. 새해 첫날이 저물어 가고 있었다. 바람은 더 차가워져서 입을 뗄 때마다 입김이 피어올랐다.

저만치 아줌마가 걸어가고 있었다. 골목에는 아줌마와 나, 달랑 두 사람밖에 없었다. 아줌마가 쌓인 눈을 헤치고 길을 만들었다. 두 사람이 나란히 걸을 수 있는 폭이었다. 나는 그 길을 따라서 아줌마의 뒤를 천천히 걸었다. 지나가는 사람도, 차도 없어서 뽀드득 눈 밟는 소리만 들렸다. 아줌마가 발소리를 들었는지 뒤를 돌아보았다.

가까운 슈퍼는 문을 닫았다. 조금 더 걸어서 사거리 편의점에 갔다. 그쪽에는 노래방, 오락실, 당구장이 많았다. 노는 형들이 편의점 앞에 모여서 시시덕거리다가 나를 노려봤다. 나는 슬그머니 아줌마 옆에 딱 붙어서 가게 안으로 들어갔다.

아줌마는 큰 생수를 냉장고에서 꺼내 벌컥벌컥 마시고 나에게 건넸다. 나도 시원하게 마셨다. 가슴이 뻥 뚫렸다. 사막에서 오아시스를 발견하면 이런 기분이겠지? 나는 몇 시간 동안에 사막과 모스크바에 다녀온 셈이었다.

손을 씻으러 화장실에 갔다. 세면대의 수돗물을 틀었다. 콸콸 쏟아지는 물을 우리 집까지 호스로 연결하고 싶었다. 화장실에 온 김에 변기에 앉아서 힘을 줬다. 미리 큰일을 보려고 했지만 배가 아프지 않았다.

2리터짜리 생수 다섯 병을 사서 집으로 돌아왔다.

아줌마가 생수로 쌀을 씻고 반찬을 만들었다. 가스레인지 위에 올려놓은 냄비와 밥솥에서 김이 나왔고 집에 온기가 돌았다.

"아줌만 국이 있어야 밥을 먹는데, 넌 어때?"

"끓이려면 귀찮으니까 그냥 먹어요. 물도 많이 없는데."

나는 아줌마가 끓인 국은 무조건 싫었다. 먹다가 속이 울렁거려 화장실로 달려가면 물이 안 나와서 더 끔찍한 상황이 벌어질 거다. 아줌마도 국을 끓이기 귀찮은지 할머니가 준 동치미를 사발에 담았다.

아줌마 혼자 부산스레 식사를 준비하는데 구경만 할 수 없었다. 나는 할머니가 싸 준 음식을 접시에 담았다. 슈퍼에 갈 때 음식 보따리를 바닥에 놓고 나갔더니 그 사이에 두부전 맛이 이상해졌다.

"음식 버리면 벌받아. 내일 되면 상할지 모르니까 지금 다 먹어 버리자."

아줌마와 나는 억지로 두부전을 꾸역꾸역 먹었다. 목이 텁텁해서 동치미 국물을 마셨다.

식사가 끝나자 아줌마는 소파에 드러누워서 개그 프로그램을 보았다. 아줌마와 소파에 나란히 앉아 있는 게 어색해서 방에 들어갔다. 텔레비전 소리가 방 벽을 넘어 내 귀에까지 들렸다. 나는 손으로 입을 막고 웃으며 현우에게 문자 메시지를 보냈다.

우리 집 물 안 나와. 머리도 못 감고 학교에 가야 돼. 내일 하룻밤만 너희 집에서 자도 돼?

언제든 오라고 현우가 답문을 보냈다.

온종일 너무 많은 일을 겪었더니 피곤해서 잠이 쏟아졌다. 침대에 벌렁 드러누웠는데 몸에서 퀴퀴한 냄새가 나 찜찜했다. 세수를 하고 발도 깨끗이 씻고 싶었다. 하루만 참기로 하고 잠을 청했다.

시간이 얼마나 지났을까. 한창 잠을 자는데 아랫배가 아파서 눈을 떴다. 배에서 천둥소리가 났다. 맛이 이상했던 두부전이 문제였다. 조금 지나면 괜찮아질 것 같아 배를 만졌다. 곧 낫게 해 달라고 간절하게 기도를 했지만 소용이 없었다. 너무 참았더니 이마에 땀방울이 맺혔다. 점퍼를 입고, 휴지를 챙겨서 조심스레 밖으로 나갔다. 배가 부글부글 끓어서 견딜 수가 없었다. 1초, 0.1초가 급했다.

나는 뛰었다. 조금만 참자! 괄약근에 힘을 더 주며 달렸다.

멀리 편의점이 보였다. 결승 지점 앞에 다다른 마라톤 선수처럼 나도 이를 악다물었다. 무단횡단을 해서 빌딩 앞에 도착했다. 노는 형들이 편의점 건물 입구에 모여서 담배를 피우고 있었다. 그런 것에 신경을 쓸 겨를이 없었다.

나는 화장실 문을 열고 안으로 후다닥 들어갔다. 다행히도 변기 한 칸이 비어 있었다. 문을 닫고 바지를 내렸다. 20분간의 고통이 1초에 해결되었다.

시원하게 볼일을 보고서 세면대에서 손을 씻었다. 속이 시원하자 이번에는 잠이 몰려왔다. 집까지 언제 걸어가지? 화장실에 들어갈 때와 나올 때 마음이 확 달랐다. 방금 전에는 화장실에만 도착하면 뭐든 다 할 것 같았는데. 손을 핸드 드라이어로 말리는데. 그때였다.

밖에서 발로 문을 뻥 차며 형 세 명이 우르르 들어왔다. 잔뜩 주눅이 든 나는 눈길을 피하며 밖으로 나가려고 했다. 그러자 키가 작은 형이 화장실 문을 잠갔다. 철컥 소리가 크게 울렸다.

"세뱃돈 가진 거 있지?"

덩치 큰 형이 바닥에 침을 뱉으며 다가왔다. 몸이 부들부들 떨렸다. 새해 첫날부터 물이 안 나오더니 재수가 없었다. 형들이 한꺼번에 내게로 걸어오자 나는 뒤로 걷다가 바닥에 나자빠졌다. 엉덩이가 아픈 걸 느낄 수도 없었다. 주머니에 손을 넣었지만 돈은커녕 휴지 뭉치만 있었다. 몸이 딱딱하게 굳었고 등줄기에 식은땀이 흘렀다.

"소리 질러도 밖에 안 들려!"

머리를 빡빡 민 형이 내 멱살을 잡았다. 다른 형이 내 주머니를 뒤졌다. 나는 아무것도 할 수 없었다. 그냥 집 화장실에서 일을 볼걸. 눈앞이 캄캄해졌고 눈물이 찔끔 났다.

형들이 갑자기 멈칫하더니 얼굴을 찡그렸다. 밖에서 발소리가 들리더니 누군가 화장실 문손잡이를 돌렸다. 문이 안 열리자 문을 두드렸다.

"진오야! 진오야, 문 열어 봐."

아줌마였다.

"씨발! 야, 이 새끼야, 입 다물어. 오늘 운 좋은 줄 알아."

돌아가신 엄마가 나타난 것처럼 반가웠다. 당황한 형들은 눈짓을 주고받더니 아무 일도 없는 것처럼 화장실 문을 열었다. 나는 형들의 눈치를 보며 아줌마 쪽으로 뛰어갔다. 아줌마가 나와 형들을 번갈아 바라보았다. 형들이 못마땅한 표정을 지으며 밖으로 나갔다. 아줌마가 형들을 불렀다.

"새해 첫날부터 착한 애들 삥 뜯지 말고. 빵이라도 사 먹어."

아줌마가 주머니에서 오천 원짜리 지폐를 꺼내 형들에게 건넸다. 형들은 미심쩍은 눈으로 아줌마를 보다가 돈을 받고 사라졌다.

"휴지 있지?"

아줌마가 내 주머니에서 휴지를 꺼내 여자 화장실로 뛰어갔다. 여자 화장실에 쫓아 들어가고 싶었지만 참았다. 나는 벌렁거리는 가슴을 진정시키고 빌딩 경비실 옆에 숨었다.

점퍼 속으로 찬바람이 들어왔다. 나는 지퍼를 끝까지 올리고 팔짱을 꼈다. 정신을 차리고 보니 부끄러웠다. 방금 전 나는 어떤 표정을 지었을까? 그걸 아줌마가 보았을까? 그나마 아줌마 앞에서 울먹거리지 않은 게 다행이다. 사나이 자존심이 완전히 무너졌다.

아줌마가 배를 쓸어내리며 화장실 밖으로 나왔다.

"두부전 안 먹었으면 이런 일은 겪지 않았을 텐데. 괜찮지? 올해 좋은 일만 생기겠는데. 액땜한 셈 쳐!"

나는 바닥을 보며 말없이 걷기만 했다. 아줌마한테 고맙다는 말을 하고 싶었지만 입안을 맴돌 뿐 밖으로 나오지 않았다.

"휴지 빌린 거 아빠한텐 말하지 마. 아줌마도 여잔데 창피해."

아줌마가 웬일로 수줍어했다.

"화장실 안 가는 사람 없잖아요. 다 내숭이죠."

"그래도 신비함이 없어지잖아. 우리도 신혼인데."

"네. 신비주의 지켜 드릴게요. 근데 그 새끼들한테 왜 돈을 줬어요?"

나도 모르게 목소리가 높아졌다. 아줌마는 슬쩍 나를 보더니 잠깐 머뭇거렸다.

"사춘기 때 내 모습이 떠올라서 불쌍했어. 나도 설날에 길거리에서 방황하다 배고파서 돈 뺏은 적 있거든. 다 지나간 우울한 이야기는 하지 말자. 놀란 가슴 진정시켜야지. 노래방 갈래?"

아줌마가 내 팔을 붙잡고 '아싸 노래방'으로 들어갔다.

"어서 오세요. 학생 보호자세요?"

카운터에서 졸던 알바생 형이 부스스 눈을 떴다.

"아들하고 놀러 왔어요. 사운드 빵빵한 방이 어디죠?"

나봉미 여사는 분장함에서 꼬불꼬불한 검은색 가발을 꺼내 썼다. 부시맨이 따로 없었다. 나한테는 노란색 가발을 쓰게 했다. 우리는 서로의 모습을 보며 웃었다. 아줌마는 방에 들어가자마자 리모컨으로 좋아하는 노래의 번호를 눌렀다. 좋아하는 노래 열 곡의 번호를 외우고 있었다. 나는 주섬주섬 노래 책자를 뒤적이며 노래를 예약했다.

아줌마가 노래를 부르며 춤을 췄다. 처음에는 낯설었지만 음악 소리에 적응이 돼 탬버린을 치며 분위기를 맞추었다. 아줌마는 높이 올라가는 노래의 고음 처리도 확실했다.

내 차례가 되었다. 최신 유행하는 아이돌 그룹의 노래를 불렀다. 쑥스러워하자 아줌마가 같이 불러 주었다. 아줌마는 최신 노래 가사까지 외우고 있었고 랩도 잘했다.

흥겹게 노래를 부르자 벌렁거리던 가슴이 진정되었고 속이 후련했다. 스트레스가 확 풀렸다.

"술 마셔 봤어? 술은 아줌마한테 배워도 돼. 아줌마는 열다섯에 소주 마셨잖아."

아줌마가 어깨를 으쓱거렸다.

알바생 형이 서비스로 10분을 더 주었다. 그것까지 알뜰하게 부르자 모니터에 광고가 떴다. 가족사진을 휴대 전화 카메라로 찍어 회사로 보내면 선물을 준다고 했다. 아줌마는 다짜고짜 내 얼굴을 자신의 얼굴 옆에 붙이고는 카메라로 사진을 찍었다. 놀란 나는 우스꽝스러운 표정을 지었다. 아줌마는 그게 더 자연스러워서 선물을 받기 쉽다며 전송 버튼을 눌렀다. 그렇게 아줌마와 처음으로 단둘이 사진을 찍었다.

노래방을 나와 큰길을 걸었다. 집에서 나올 때보다 훨씬 포근해졌고 바람도 불지 않았다.

"옛날에 노래방이나 휴대 전화 카메라 있었으면 나도 새엄마랑 친해졌을 텐데. 그땐 새엄마랑 놀러 갈 데도 없더라."

"무슨 말이에요?"

"우리 엄마도 새엄마였거든. 새엄만 나한테 잘해 주셨어. 밥도 맛있게 차려 주시고 아무리 바빠도 꼭 국을 끓이셨지. 그때부터 밥 먹을 때 국 먹는 버릇이 생겼어. 난 반항하며 새엄마를 많이 괴롭혔어. 아빠가 교통사고로 돌아가시고 새엄마는 나랑 같이 살려고 했는데, 난 새엄마가 너무 싫었어. 새엄마랑 5년 정도 같이 살았나?"

아줌마가 하품을 하더니 눈가를 손등으로 훔쳤다.

수다스러운 아줌마가 입을 다물자 분위기가 썰렁해졌다. 아줌마는 내가 말을 시켜도 짧게 대답할 뿐 두 손을 점퍼 주머니에 넣고 걸었다. 아마도 아줌마의 새엄마를 떠올렸을 거다.

모퉁이를 돌자 골목이 나왔다. 골목에서 야식 배달 오토바이가 튀어나왔다. 급히 피하던 아줌마가 눈길에 미끄러져 오른팔이 바닥에 부딪쳤다. 아줌마가 비명을 질렀다. 나는 아줌마를 일으켜 세웠다.

"응급실 갈 정도는 아니야. 뜨거운 물로 찜질하면 좋아질 거야."

집에 들어온 아줌마는 왼손으로 물통의 뚜껑을 돌렸다. 왼손만으로는 힘든지 끙끙댔다. 보고만 있을 수가 없어 내가 수건에 물을 적시고 전자레인지에 넣어 돌렸다. 1분이 지나 수건을 꺼내 아줌마의 팔에 올려놓았다. 아줌마는 뜨거운지 이마를 찡그렸지만 잘 참았다.

이튿날, 일어나자마자 떨리는 마음을 가라앉히고 부엌에 가보았다. 물은 나오지 않았다.

아줌마가 오른쪽 어깨를 축 늘어뜨린 채 방에서 나왔다.

"찜질 수건 때문에 한결 가뿐한데. 고마워."

아줌마가 머리를 긁었다. 나도 머리가 가려워서 견딜 수가 없었다. 거울을 보았다. 왼쪽 머리가 눌려서 영구, 맹구가 따로 없었다. 그건 아줌마도 마찬가지였다. 이제 우리는 부끄러워하지도 않았다. 화장실 물이 내려가지 않아도 소변을 보았다.

나는 식은 수건을 전자레인지에 데워서 아줌마에게 건넸다. 아줌마는 그 수건으로 얼굴을 닦았고 나도 손에 생수를 묻혀 고양이 세수를 했다. 아줌마가 텔레비전을 켰다. 뉴스가 끝나고 날씨 예보를 했다. 기상 캐스터 누나가 오후부터 날씨가 풀리겠다고 말했다.

창문으로 눈부신 햇빛이 들어왔다. 며칠 만에 보는 햇빛이 반가웠다. 얼음이 녹아서 쉽게 창문이 열렸고 큰길에 눈도 녹기 시작했다. 많은 차들이 지나다녀 어제보다 활기가 느껴졌다.

나는 냉장고에서 반찬을 꺼내 밥상을 차렸다. 반찬이 상하지는 않았는지 냄새를 맡았다. 아줌마가 국을 끓이려고 개수대 앞에 섰지만 오른팔이 불편해서 냄비도 제대로 들지 못했다. 팔을 움직일 때마다 아줌마의 얼굴이 일그러졌다.

"오늘은 국 없이 먹어야겠네."

국 없이 밥을 못 먹는다는 아줌마의 말이 떠올랐다.

"제가 끓일게요. 말만 하세요! 라면도 잘 끓여요."

나는 아줌마가 시키는 대로 미역을 꺼내 물에 푹 담갔다. 아줌마가 내 옆에 서서 하나하나 말해 주었다. 불린 미역을 썰고 냉동실에 있는 국거리 소고기를 참기름에 볶았다. 지글지글 익는 소리와 고소한 냄새가 좋았다. 마지막으로 물을 붓고 간장으로 간을 했다.

"다진 마늘을 넣어야 시원해!"

아줌마가 냉장고에서 마늘이 든 통을 꺼냈다. 마늘 냄새가 알싸하게 풍겼다.

"마늘 들어간 음식을 너무 싫어하는데. 지난번에 억지로 먹었어요."

"마늘이 사람 몸에 얼마나 좋은데. 다음엔 마늘 맛 안 나게 조금씩 넣어야겠네."

오후 5시가 지났지만 물은 나오지 않았다.

개수대에는 씻지 못한 그릇이 가득했고 화장실에서는 역한 냄새가 풍겼다. 샤워를 하지 못해 온몸이 가려웠다. 아줌마와 나는 하루 사이에 노숙자처럼 변했다.

나는 방에 들어가서 교복과 추리닝을 챙겼다. 현우네 집에 가서 개운하게 샤워를 하고 싶었다.

"찜질방에 가서 깨끗하게 씻어야 학교랑 회사에 가지. 팔도 뜨거운 물에 담그면 좋아질 거야."

아줌마가 목욕 바구니를 들고 방문을 열었다. 가슴이 뜨끔해졌다. 혼자만 학교에 갈 생각을 했다. 배신자가 된 셈이었다.

목욕 용품을 챙기고 아줌마와 집 밖으로 나왔다.

"피부가 칙칙하네. 중딩도 피부는 관리하더라. 어제 찜질해 준 보답으로 팩 해 줄게."

아줌마가 바구니 속에 마스크 팩 두 개를 꺼냈다.

"이거 하면 꽃미남 되는 거예요?"

아줌마와 나란히 누워 마스크 팩을 하는 장면을 상상했다.

골목을 빠져나왔다. 철물점 아저씨가 공구 상자를 들고 옆 빌라로 뛰어갔다. 3층에서 할머니가 창문을 열면서 아저씨에게 손짓했다.

"빨리 와요. 계량기를 가스버너로 녹였다가 터졌어요. 그 사이로 물이 쏟아지네. 물이 나와서 좋기는 한데."

할머니가 호들갑을 떨었다.

한파주의보가 해제되는 순간이었다.

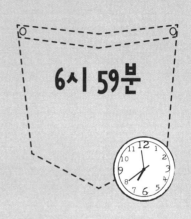

6시 59분

며칠만 지나면 손꼽아 기다리는 방학이 시작된다.

나는 방학 동안에 제주도로 여행을 가기로 마음먹었다. 이번 여행은 정말 특별하다. 엄마 아빠의 뒤꽁무니를 졸졸 따라가는 가족 피서가 아니다. 마음 맞는 친구와 떠나는 배낭여행이기 때문이다. 같이 갈 녀석이 없으면 혼자서라도 갈 것이다.

중학생끼리 여행을 간다고 하면 엄마 아빠는 허락하지 않을 게 분명하다. 모르게 가야 한다. 그렇다고 섣불리 오해하지 마시길! 가출은 절대 아니니까. 사박 오일 동안 제주도를 구경하고 착하게 집으로 돌아올 거다. 배에서 이틀 밤을 보내기 때문에 제주도에 머무는 기간은 이틀뿐이다.

지난주 토요일, 텔레비전을 보고 있었다. 내 또래의 프랑스 아이들이 어른의 도움 없이 여행을 떠나는 이야기가 나왔다. 그

걸 보는 동안 내 심장이 쿵쾅 뛰었다. 방송이 끝나자마자 채널을 돌렸다. 요즘 한창 인기 있는 〈1박 2일〉이라는 오락 프로그램이 막 시작되었다. 이번 주는 개그맨과 가수들이 배를 타고 제주도로 여행을 떠나는 내용이었다.

그날 밤, 침대에 누웠을 때였다. 잠은 안 오고 눈앞에 제주도가 어른거렸다. 제주도 앞바다의 파도 소리가 들리는 것 같았다. 갑자기 온몸에 전기가 통한 것처럼 찌르르 떨렸다. 나는 다짐했다. 방학이 되면 제주도에 가겠다고!

"저녁 일곱 시, 인천항에서 제주도로 가는 배가 있어. 일곱 시 출발, 행운의 숫자 칠이잖아. 그 배를 꼭 타고 말거야."

나는 들뜬 목소리로 공진이에게 말했다.

"권완수, 왜 뜬금없이 여행을 가려는 거야? 네가 엉뚱한 건 알고 있지만."

공진이는 눈살을 찌푸리며 심드렁한 표정을 지었다. 녀석은 우리 반에서 공부를 가장 잘했다. 자존심도 세서, 나는 녀석을 '존심공진'이라고 불렀다.

"나한테 이 좁은 교실은 감옥 같아. 열심히 학교 다닌 권완수, 떠나라."

나는 초등학교 오학년 때부터 달랑 지하철 노선도만 들고서 여기저기를 누비고 다녔다. 남산, 명동, 인천 월미도 그리고 연예인이 많이 다니는 여의도 방송국까지. 그렇게 싸돌아다니다 보니 언제부터인가 혼자서 낯선 곳에 가는 게 두렵지 않았다.

"열다섯 시간 동안 바다 위에서 나랑 재밌게 놀자! 뭐 하면서 놀지?"

"뭐, 같이 가자고? 어른도 없이 단 둘이서 제주도에?"

존심공진이 화들짝 놀랐다.

"제주도까지 헤엄쳐서 갈 것도 아닌데 겁먹긴. 중학교 이 학년이면 진짜 사나인데 뭐가 걱정이냐! 넌 너무 범생이야. 심장이 코딱지만 해."

"제주도는 사투리도 이상하고 완전 딴 나라잖아. 부산이면 지금 당장이라도 뛰어갈 수 있어. 제주도엔 지하철도 없는데 더운 날에 어떻게 돌아다닐 거야?"

발끈한 녀석은 나를 흘겨보며 따지고 들었다. 나는 입을 꾹 다물었다. 공진의 자존심을 더 건드리면 당장 싸움이 날 게 분명하다. '존심공진' 녀석은 자존심으로는 전국 일등이다.

오늘은 후텁지근한 날씨 때문에 짜증 나는 날이다. 목에 두르고 있던 물수건을 돌돌 말아서 천장에 매달린 선풍기를 향해 던졌다. 선풍기는 며칠 전부터 고장이 나서 시끄러운 소리만 낼 뿐 돌아가지 않았다. 창밖을 내다보았다. 뜨거운 태양은 운동장에 햇볕을 토해 냈고 햇빛은 눈부셨다. 투명한 유리가 녹아내리지 않는 게 신기할 뿐이었다.

수업이 끝났다. 나는 곧장 가게로 갔다. '아저씨 돈가스', 이름만 들으면 시골 읍내에 있는 파리만 날리는 가게 같지만, 동네에서는 소문난 맛집이다. 점심시간에는 사람들이 줄을 서서 기다릴 정도다.

가게 문을 열었다. 문 위에 달린 작은 종이 요란스럽게 소리를 냈다. 식사 시간이 아니어서 손님이 한 사람도 없었다. 교복 웃옷을 훌렁 벗고 에어컨 앞에 섰다. 찬바람을 맞자 땀이 금방 식었다. 겨드랑이 사이에 손을 넣었다. 짧은 털이 만져졌다. 며칠 전보다 조금 더 자란 것 같다.

"공부하느라 고생했어. 돈가스 먹을래?"

아빠가 빨간 고무장갑을 낀 채 주방에서 나왔다. 아빠 얼굴에는 빵가루가 잔뜩 묻어 있었다. 돼지고기에 빵가루로 옷을 입히다가 나온 모양이다.

"코돈부르 먹고 싶어! 마늘빵도 같이."

코돈부르는 우리 가게에서 가장 인기 있는 돈가스다. 얇게 썬 고기를 반으로 접어 그 사이에 치즈, 감자, 당근 등을 넣어서 튀긴 것이다. 한 번 맛본 사람은 다음부터 꼭 코돈부르만 먹는다.

"아빠, 치즈 좀 많이 넣어 줘."

나는 주방으로 고개를 삐죽 내밀며 소리쳤다. 주방은 무척 더웠다. 뜨거운 열기 때문에 아빠의 모습이 흐릿해 보였다. 아빠의 등은 땀에 흠뻑 젖어 있었다. 큰 냉장고와 오븐에, 온종일 팔팔 끓는 기름 그리고 뭉근한 불 위에 올려 있는 국물 냄비까지…… 거기에서 뿜어져 나오는 열은 사람을 지치게 했다. 찜질방이 따로 없었다. 아빠는 헉헉거리며 냉동실 문을 열고 그 안으로 얼굴을 디밀었다. 사막에 온 북극곰이었다.

잠시 뒤, 아빠가 테이블 위에 돈가스 접시를 내려놓았다. 그러고는 얼음을 넣은 콜라를 단숨에 마셨다. 아빠의 오른쪽 손등에는 빨간 물집이 많았다. 또 뜨거운 기름에 손을 데었나 보다. 나는 냉동실에서 얼음을 꺼내 봉지에 담아 아빠에게 건넸다. 아빠가 얼음 봉지를 물집 위에 올려놓았다.

"얼른 먹어라. 코돈부르 식겠네."

아빠가 포크를 쥐어 주었다. 코돈부르를 한 입 먹었다. 매콤한 맛이 입안을 맴돌았고 쫀득거리는 피자 치즈가 혀끝에서 살살 녹았다.

"주방에 에어컨 달면 안 돼? 무지 덥잖아."

"에어컨 달면 돈도 많이 들고 기름 온도도 맞추기 힘들어."

아빠는 얼음을 우적우적 씹어 먹었다. 아빠 몸에서 느끼한 기름 냄새가 훅 풍겼다. 나는 그 냄새가 무척 싫다.

"아빠, 살 좀 빼!"

내가 투덜거리며 아빠의 뱃살을 손으로 만졌다. 아빠는 머쓱한지 피식 웃으며 주방으로 들어갔다. 피곤해 보이는 웃음이었다.

아빠는 아침 열 시부터 밤 열두 시까지 주방에서 산다. 아빠의 일터인 주방은 우리 집 욕실 두 개를 합친 것보다 조붓하다. 그래서 주방 한가운데 서면 움직이지 않고 팔만 뻗어도 냉장고

문을 열 수 있고, 오븐에서 구운 마늘빵을 꺼낼 수도 있다.

게다가 우리 집은 가게 건물 4층에 있어서, 아빠는 하루 종일 거의 걷지 않는다. 집과 가게를 오갈 때, 담배를 피우러 옥상에 올라갈 때 그리고 이층에 있는 화장실에 갈 때 고작 몇 계단 오르내리는 게 전부다. 한가할 때는 산책이라도 하면 좋을 텐데 손님이 언제 올지 모른다며 주방 구석에 목욕탕 의자를 놓고 쭈그려 앉아 있다. 아차, 화장실에 가서도 편하게 볼일도 못본다. 그러니 아빠는 살이 찔 수밖에 없다. 주방이 아빠에게 감옥은 아닐까?

엄마가 가게 문을 열고 들어왔다. 양손에 장을 본 봉지를 들고 있었다.

"얼른 먹고 학원 가라. 또 피시방에 가서 농땡이 부리지 말고."

엄마는 입을 크게 벌리며 선하품을 했다. 나는 입을 삐죽거리며 하나 남은 조각을 포크로 찍었다.

'어른들은 왜 공부로 우리를 괴롭힐까? 어휴, 짜증 나! 그렇게 공부가 좋으면 어른들이나 죽도록 하면 될걸!'

마음속으로 흉보고 있는데, 어른 한 사람이 또 들어왔다. 아르바이트를 하는 대운이 형이다. 대학생인데 아빠와 비슷하게 생겼다. 키는 좀 작은데 배가 많이 나왔다. 형의 걸음걸이를 보면 걷는 게 아니라 굴러다니는 것 같다.

형은 지각이나 땡땡이 한 번 치지 않는 성실한 아르바이트생이다. 또 학교에서 장학금까지 받는다고 엄마가 늘 칭찬한다. 대운이 형은 나와 노는 물이 다르다. 아마도 '존심공진'과 말이 좀 통할 것이다. 모범생은 모범생끼리 텔레파시가 통할 테니까.

"아직도 밥 먹고 있냐? 일곱 시에 수업 시작하잖아. 서둘러라."

형은 따발총 쏘듯 말하며 앞치마를 입었다. 앞치마를 입으니까 형의 뒷동산 같은 배가 더 볼록해 보였다. 나는 입에 묻은 코돈부르 소스를 손등으로 훔치며 말했다.

"형은 중학생 때 혼자 여행 간 적 있어?"

"난 지금도 바빠서 여행은커녕 등산도 못 가는데. 넌 경주로 수학여행 갔잖아."

"그게 여행이야? 사람 머릿수 헤아리다가 시간 다 보냈는데. 난 얼른 대학생이 되고 싶어. 대학생은 어른이니까 완전 자유롭게 살잖아."

"대학생이 더 바빠. 학교 끝나면 아르바이트 가야지, 집에 가면 수업 준비해야지. 영어랑 컴퓨터도 잘해야 되지. 요즘엔 옷도 잘 입어야 하고 피부 관리도 해야 해. 몸짱, 얼짱, 공부짱만 살아남을 수 있다구."

형은 거울을 보며 풀 죽은 목소리로 대꾸했다.

"그러면 언제 놀아?"

"좋은 직장에 취직하면 놀 수 있어. 취업 걱정하느라 금방 아저씨 되는 것 같아."

형은 포크와 나이프를 정리하며 넋두리를 했다.

"취직하면 놀 수 있을 거 같아? 결혼하면 빨리 집 사야지, 애들 학교 보내야지. 그러면 어느새 나처럼 팍 늙어 버리는데. 내가 지금 대운이 학생처럼 젊다면 멀리 훌쩍 떠났을 거야."

주방에서 아빠가 소리쳤다.

"노세 노세 젊어서 노세, 늙어지면 못 노나니!"

아빠가 국자를 벽에 두드리며 박자를 맞췄다. 흥겨운 노랫소리였다.

"그래서 난 늘 신 나게 놀면서 살 거야."

의기양양하게 말하며 시계를 보았다. 일곱 시였지만 한여름이라 밖은 아직 밝았다. 일곱 시! 지금쯤 인천에서 제주도로 가는 배가 출발할 텐데. 멀리서 뱃고동 소리가 들리는 것 같았다. 마음속에서 뭔가 꿈틀거렸다.

커튼 사이를 비집고 눈부신 햇살이 들어왔다. 공포의 일곱 시였다.

"얼른 일어나. 학교 늦겠어."

엄마의 잔소리를 들으며 하루를 시작했다. 오늘도 어제와 마찬가지다. 또 내일도 오늘과 크게 다르지 않다는 것을 잘 알고 있다. 너무나 익숙해서 지겨운 똑같은 삶. 꾸벅꾸벅 졸면서 밥을 먹고 학교에 늦지 않으려 종종걸음을 쳤다.

오늘도 교실은 후끈거렸다. 어제보다 더울 거라는 기상 예보가 있었다. 나는 수건을 찬물에 적셔 목에 둘렀다. 잠시 뒤, 공진이 책상에 앉았다.

"야, 나 제주도 못 가! 영어 캠프에 가야 돼. 영어 못해서 걱정했는데 엄마가 등록했대."

녀석은 눈동자도 움직이지 않고 딱 잘라 말했다. 전혀 생각하지 못한 건 아니지만 많이 섭섭했다.

"공부는 학교나 학원에서만 하는 게 절대 아니야."

"그건 너같이 공부 못하는 놈들이 둘러대는 핑계야."

녀석은 손으로 볼펜을 굴리며 말했다. 그놈의 '학교 공부' 타령, 이젠 지겹다.

제주도에 가면 해 보고 싶은 게 정말 많다. 먼저 자전거 하이킹을 할 거다. 마음 같아서는 스쿠터로 제주도 해안 도로를 쌩 달리고 싶은데 세상이 나를 도와주지 않는다. 주민등록증도 없고 면허증도 없는 내게 아무도 스쿠터를 빌려 주지 않을 것이다. 지난 방학에 '좀 노는 녀석들'에게 스쿠터 타는 법을 배웠는데 써 먹을 기회가 없는 게 아쉽다. 그놈의 '증'이 문제다. '증'을 만들어 주는 건 어른들이다. '증'으로 우리를 통제하려는 어른들이 얄밉다.

친한 고등학생 형의 오토바이 면허증을 빌려서 스쿠터를 타 볼까? 아무리 생각해도 그건 힘들다. 내가 나이 들어 보이는 얼굴이면 가능할 텐데, 나는 동안인 데다가 너무 귀여운 얼굴이다. 이럴 때는 팍 늙어 보이는 공진 같은 녀석들이 부럽다. 살다 보면 늙어 보이는 얼굴, 즉 노안이 좋을 때가 종종 있다. 술 마실 때, 담배 살 때 그리고 민증 검사를 허술하게 하는 나이트 클럽에 갈 때!

주머니에서 꾸깃꾸깃한 학생증을 꺼냈다. 잃어버리면 문방구에서 재료를 사다가 대충 만들어도 되는, 나에게 공부만 강요하는 학생증! 이 증을 갖고 있으면 권리는 누릴 수 없고 주어진 의무에만 열심히 해야 한다. 어른들에게 충성을 맹세하면서!

세상에 있는 '증'을 좋은 '증', 나쁜 '증'으로 나눈다면 이놈의 학생증은 후자에 가깝다. 하여간 이 '증'으로 자전거라도 빌릴 수 있다면 하늘에 넙죽 큰절이라도 해야겠다. 21세기에 국제적인 관광지 제주도에서 자전거를 타야 하는 내 초라한 현실이 싫다. 동네 골목에서 자전거 타는 초딩처럼 보일 것 같다. 내년이면 나도 어엿한 고등학생인데, 어른들은 권완수의 뜨거운 피를 차갑게 식히려고 한다.

어쨌든 그렇게 자전거를 타고 한림 쪽으로 간다. 한림에는 동굴이 많고 특이한 식물들이 자라는 공원도 있다. 태어나서 처음 가 보는 동굴이니 이번 여행은 확실히 재미있을 것이다. 그러고는 열심히 자전거 페달을 밟아 중문 해수욕장에 간다. 중문 앞바다에서 시원한 바람을 맞으며 땀을 닦고 감상해야겠다. 아름다운 제주의 자연을? 노(NO)! 늘씬하게 빠진, 에스(S) 라인을 자랑하는 걸들을 볼 거다. 뿐만 아니라 내 근육도 보여 줘야겠다. '기브 앤 테이크'라는 말도 있으니까. 이럴 줄 알았으면 작년부터 헬스클럽에라도 다니는 건데! 제주도에 갈 생각을 하니까 맥박이 빨라진다.

"근데 돈은 있냐? 잠은 어디서 잘 건데? 밥은? 너 무슨 꿍꿍이속 있지?"

공진은 시시콜콜한 것까지 물었다. 하지만 나를 말리지는 않았다. 자기가 붙잡는다고 귀담아 들을 내가 아니란 걸 녀석은 잘 알고 있다.

"사람에게는 배울 점이 하나씩은 꼭 있어. 날라리들한테 들은 정보가 있지."

"날라리들? 공부 안 하고 담배 피우고 술만 마시는 놈들한테 뭘 배워?"

공진은 뒤쪽에 앉아 있는 날라리들한테 눈을 흘겼다. 나는 세상 사람들이 흔히 '날라리'라고 부르는, 좀 노는 친구들과 친하다. 그래서 녀석들에게 집을 나서면 어디에서 잠을 자고 어떻게 한 끼를 해결하는지 노하우를 좀 얻었다.

중학생이 혼자서 찜질방에서 하룻밤을 보내는 방법. 저녁에 찜질방에 들어가서 나이 많은 아저씨 곁에 누워 자면 된다. 그러면 그 아저씨의 아들인 줄 알고 주인아저씨도 뭐라고 하지 않는다. 이때 주의할 점은 아줌마 옆에서 자면 안 된다는 것! 성추행범으로 오해받아서 파출소에 붙잡혀 갈 수도 있다.

나는 제주도에 가면 그런 식으로 잠을 잘 거다. 제주도 어디에 대형 찜질방이 있는지 인터넷으로 찾아보았다. 신제주라는 곳에도 있고 시원한 바닷바람이 부는 용두암에도 있다. 뜻이 있으면 길이 열리는 법! 만약 길이 없으면 내가 길을 만들면 된다. 두려울 게 없다.

"교회에서 대천 해수욕장으로 수련회 간다고 했지? 그게 언제야?"

"다음 주. 거기 따라가려고? 넌 교회 안 다니잖아. 왜 무슨 일 있어?"

공진이 또 꼬치꼬치 캐물었다.

"하느님께서 내 앞길을 열어 주시겠지? 지금부터라도 열기해야겠네."

나는 기도하는 시늉을 했다. 공진이가 물었다.

"열기가 뭐야?"

"열심히 기도한단 말이야! 눈치는 학원에 맡겨 두고 학교 왔냐?"

면박을 당한 공진은 입을 삐죽거리며 가방을 뒤적였다. 학원 문제집을 꺼냈다. 이 더운 날, 이마의 땀을 훔치며 수학 문제를 푸는 공진이 대단하다. 오늘따라 공진이 지리산 청학동의 일류 명문 서당에서 열공 하는 모범 댕기 동자 같다.

드디어 여름 방학이 시작되었다.

엄마는 라디오를 들으며 가게 창문을 닦고 있었다. 나는 영어 단어를 큰 소리로 외우며 엄마 곁으로 갔다. 라디오에서 흘러나오는 노래에 맞춰 엄마는 몸을 흔들어 댔다.

"이번 방학엔 공부 열심히 해! 그래야 인문계 고등학교에 갈 수 있어."

"나도 공부 잘하는 방법 연구 중이야. 걱정하지 마. 근데 공진이가 교회에서 수련회 간대. 같이 가자고 하는데 어쩌지?"

"공진이랑 친하게 지내야지. 같이 가!"

엄마는 범생이 공진과 친하면 덩달아 나도 범생이가 될 거라고 믿는다.

"수련회비는 얼마야? 어디로 가는데? 가서 뭐 한대?"

성격이 급한 엄마는 여러 가지를 한 번에 물었다. 내게 생각할 틈을 주지 않는다. 나는 시치미를 뚝 떼고 공진이가 준 수련회 안내서를 엄마에게 건넸다.

"이럴 때 교회에 가야 하느님이 착하다고 시험 잘 보게 도와주지."

나는 능청스럽게 말했다. 눈치 빠른 엄마와 눈이 마주칠 때마다 온몸이 찌르르 떨렸다.

'엄마, 전 거짓말하지 않았어요. 인천에서 배를 타니까 서해에 가는 건 틀림없죠! 아마 그 배가 대천 해수욕장 앞을 지날 거예요.'

이때껏 나는 종종 거짓말을 해 왔지만 그리 나쁜 짓은 하지 않았다. 또 거짓말을 진짜보다 더 그럴듯하게 둘러대는 게 내 특기다.

엄마의 허락은 쉽게 받았는데 문제는 돈이었다. 나는 여행 자금을 마련하기 위해 잔머리를 굴렸다. 그때 좋은 생각이 번개처럼 내 머리를 스쳤다.

점심시간이 되면 가게는 엄청 붐빈다. 특히 요즘은 방학이라서 초등학생들로 빈자리가 없었다. 나는 흡족한 마음으로 가게 문을 열었다.

"아줌마! 여기 콜라 좀 주세요. 얼음 많이 넣어서요. 아저씨, 치즈 돈가스 언제 나와요?"

꼬마 녀석들이 어찌나 떠드는지 라디오 소리가 들리지 않을 정도였다.

"권완수! 거기서 빈둥거리지 말고 좀 도와라."

엄마는 양손에 돈가스 접시를 들고 동에 번쩍, 서에 번쩍 뛰어다녔다. 아니, 날아다녔다.

"공부해야 하는데. 어쩔 수 없지. 대신 아르바이트비는 꼭 줘."

나는 생색을 내며 앞치마를 두르고 일을 시작했다. 마침 꼬마 손님들이 우르르 나가고 그 자리에 아줌마들이 앉았다.

"이 가게에서 뭐가 가장 맛있어요? 추천 좀 해 줘요."

"당연히 코돈부르죠. 저희 가게에서 인기짱 메뉴예요."

나는 가장 비싼 메뉴를 추천했다. 아줌마는 코돈부르 2인분을 달라고 했다. 앞치마 주머니에서 주문서를 꺼냈다. 주문서는 빨간색 종이와 흰 종이, 두 장으로 되어 있다. 먼저 빨간색 종이에 코돈부르 2인분이라고 적었다. 그러면 아래에 있는 흰 종이에도 똑같이 적힌다. 그러고 나서 빨간 종이에 물을 묻혀서 주방 벽에 붙이고 남은 흰 종이는 손님 테이블에 올려놓으면, 주문이 끝난다.

"여기 계산 좀 해 줘요!"

한 아저씨가 소리쳤다. 나는 행주로 대충 손을 닦고 계산대에 앉았다. 아저씨가 만삼천 원을 건넸다. 그 돈을 계산서와 함께 보관함에 넣어야 한다. 나는 엄마의 눈치를 살피면서 돈과 계산서를 내 주머니 속에 넣었다. 오늘은 만삼천 원만 모으면 된다. 한 번에 큰돈을 꺼내면 당장 들통 날지 모른다. 대범한 권완수의 심장이 오늘은 코딱지만 해졌다.

엄마 아빠는 온종일 땀방울 훔칠 틈도 없이 일했다. 마음 한구석이 아팠다. 하지만 내가 이 돈으로 술을 마시거나 담배를 피우는 건 아니니까, 결국엔 엄마 아빠도 이럴 수밖에 없는 내마음을 헤아려 줄 거다. 사실 이건 도둑질이 아니다. 엄마 아빠는 지금 내게 투자를 하는 것이다.

부모님, 절대 부도나지 않으니까 걱정하지 마세요! '권완수 미래 투자'는 최고의 수익률과 안전성을 자랑합니다. 아들을 믿으세요. 탁월한 선택, 십오 년 후 대박 날 겁니다.

어느덧 점심시간이 끝났다. 가게는 한산해졌고 엄마는 의자에 앉아 한숨을 돌렸다. 나는 엄마가 좋아하는 아이스 블랙커피

202

한 잔을 내밀었다. 엄마는 피곤한지 눈을 감고 커피를 마셨다.

그 사이 아빠는 화장실에 갔다. 배가 아파도 돈가스를 튀기느라 꾹 참았을 것이다. 나는 주방에 가서 주문서 상자를 뒤졌다. 내가 슬쩍한 계산서와 같은 주문서를 찾아서 없애야 한다. 장사가 끝나면 엄마와 아빠는 주문서와 계산서 그리고 판매 금액을 서로 맞춰 본다. 다행히 주문서를 쉽게 찾을 수 있었다. 그 종이를 잘게 찢어서 휴지통에 버렸다.

"하마터면 배 터질 뻔했네. 어휴, 시원해라."

아빠가 남산만 한 배를 쓰다듬으며 가게 문을 열었다. 나는 아빠 어깨를 주물러 주었다. 아빠는 흐뭇한 표정을 짓더니 잠시 뒤에 또 부산하게 움직였다.

"완수야! 점심 먹자. 반찬 가져가서 테이블 위에 놓아라."

그게 아빠의 삶이었다. 아빠를 보고 있으면 나도 아빠처럼 살게 될 것 같아 겁이 났다.

나는 사각 쟁반을 들고 주방에 들어갔다. 그때 어디선가 웡웡거리는 소리가 들렸다. 돈가스 튀김기 둘레에 켜켜이 묻은 기름때 위에 자그마한 잠자리가 앉아 있었다. 창문으로 들어온 모양이다. 잠자리는 기름때에 다리가 엉겨 파닥거리기만 할 뿐 날아가지 못했다. 몸부림치는 녀석을 보며 나는 옆에 있는 신문지를 돌돌 말았다.

"밖으로 보내 줘야지. 날아가지 못하는 것도 서러운데 맞아 죽으면 억울하잖아."

아빠는 칼로 기름때를 벗기고 그 둘레에 물을 뿌렸다. 얼마 지나지 않아 기름때가 녹아내렸다. 그러자 녀석은 창문을 빠져나가 힘차게 하늘로 날아올랐다. 아빠는 넋을 놓고 그 모습을 지켜보았다. 그런 아빠가 낯설게 느껴졌다.

늦은 점심을 먹고 집에 올라와서 책상에 앉았다. 주머니에서 돈을 꺼내 책 사이에 잘 꽂아 두었다. 내 꿈과 희망이 담긴 돈이었다. 다음날에도 점심시간에 가게에 내려가서 만 원을 꺼냈다. 엄마 아빠는 모르는 눈치였다.

여행 준비는 계획대로 잘 진행되었다. 하룻밤이 지날 때마다 가슴이 뛰어 잠을 못 이룰 지경이었다.

기상청 홈페이지에 들어가서 일주일 동안의 제주도와 서울 날씨를 확인했다. 장마가 끝나고 불볕더위가 이어진다고 했다. 비는 오지 않을 거라고 했다. 그때 휴대 전화가 깜빡거렸다. '존 심공진'이 보낸 문자 메시지였다.

여행 갈 준비는 잘 하고 있냐? 행운을 빈다! 제발 사고 치지 말고.

그 문자를 보니 갑자기 코끝이 찡했다. 내가 마치 영화의 주인공이 된 것 같았다. 이 넓은 세상을 누비고 다니려면 지금부터가 시작이다. 힘내라, 권완수!

형님 보고 싶다고 질질 짜지 말고. 서울 잘 지켜! 선물로 돌

하르방 휴대 전화 고리 사 올 테니까.

녀석에게 문자를 보내고 또 자금을 마련하러 가게로 내려갔다. 이제 만 원만 더 '인 마이 포켓' 하면 끝난다.

출발 전날이었다. 그동안 팔만 원을 모았다. 여기에 엄마가 주는 수련회비 오만 원을 더하면 여행 경비는 충분하다. 짐을 꾸리기 시작했다. 배낭은 되도록 작게 챙겼다. 그러고는 휴대 전화 여분 배터리를 꺼내 충전했다.

"엄마, 휴대 전화 안 가져갈 거니까 연락하지 마. 전도사님이 가져오지 말래."

나는 얼굴도 모르는 전도사님 핑계를 대며 거짓말을 했다. 제주도에서도 엄마의 잔소리를 듣고 감시당할 생각을 하니 끔찍했다. 휴대 전화는 엄마 모르게 가지고 갈 거다. 카메라도 배낭에 넣었다.

"수영복은 챙겼어? 맛있는 거 사 먹고 즐겁게 놀다 와. 이만 원은 아르바이트비야."

엄마가 칠만 원을 꺼냈다. 나를 믿어 주는 엄마를 보니 가슴이 쿵 내려앉았다.

방학 때는 하루가 빨리 지나간다. 저녁을 먹고 나니 어느덧 캄캄한 밤이 되었다. 잠잘 시간이 되었지만 이상하게 가슴이 벌렁거렸다. 엄마 아빠 모르게 제주도에 간다! 어른들이 하지 말라고 하는 걸 몰래 할 때마다 왠지 흥분된다. 침대에 벌렁 누워 있을 수가 없었다.

옥상에 올라갔다. 하늘에는 달과 별이 떠 있었다. 차가 지나갈 때마다 멀리서 개 짖는 소리가 들릴 뿐 온 동네가 조용했다. 이 세상이 텅 빈 것 같았다. 나는 의자 위에 올라서서 아래를 내려다보았다. 세상 모든 게 나를 지켜보며 숨을 죽이고 있었다. 연극이 시작하기 전 관객 모두가 조용하게 무대를 바라보며 주인공을 기다리는 것처럼. 세상의 한복판, 그 무대에 권완수가 서 있다. 다들 내 활약을 보고 싶어 한다. 달과 별은 나를 비춰주는 조명이고 세상 사람들은 나에게 박수를 칠 관객들이다.

누군가 계단을 올라왔다. 헛기침을 하는 걸 보니 아빠였다.

"내일 수련회 갈 준비는 잘했고?"

아빠는 내게 아이스크림을 건넸다. 내가 좋아하는 커피맛 아이스크림이었다.

"저기, 저기…… 완수야, 있잖아…… 아이스크림 맛있냐? 베스킨라빈스 아이스크림 가게가 문을 닫아서 슈퍼에서 샀어."

아빠는 자꾸 싱거운 이야기만 했다. 갑자기 이상한 느낌이 들었다.

'둔한 우리 아빠가 눈치챘나? 이런 젠장!'

왠지 불안했다.

"너 혹시 무슨 고민 있어? 누가 널 때리고 돈을……. 아빠가 다 도와줄게."

아빠가 목소리를 낮추고 진지하게 말했다. 나는 아무 일도 없다고 딱 잡아뗐다.

"네가 말 안 하면 아빠가 먼저 말할게. 너 가게에서 만 원씩 가져가고 있잖아."

아빠가 말을 다 하기도 전에 숨이 멎으면서 머릿속이 하얗게 변했다. 그래도 도둑질이라고 말하지 않아서 다행이었다.

"계산서만 숨기면 끝이야? 아침마다 돈가스를 백 개씩 준비하는데 네가 일한 뒤부터 뭔가 이상하더라. 주문서에 적힌 판매 숫자랑 냉동실에 남아 있는 게 다르더라고."

오늘따라 아빠가 형사보다 더 예리해 보였다. 인심 좋은 두루뭉술한 아저씨가 아니었다. 더는 숨길 수 없었다. 아빠에게 모든 사실을 털어놓았다.

"그냥 혼자 여행 가고 싶었어. 이젠 서울 쪽은 다 가 봐서 갈 데가 없어!"

"몰래 돈을 가져가는 건 덮어놓고 나쁜 짓이야. 무슨 일이든 아빠하고 의논했어야지."

아빠는 그 말을 하고서 담배를 뻐끔뻐끔 피웠다. 내 앞에 있는 사람이 엄마였다면 온 동네가 떠나가라고 고래고래 소리 지르며 내 등짝을 후려쳤을 것이다. 하지만 아빠는 말이 없었다. 그게 더 겁이 났다.

"달이 뜬 걸 보니까 내일 비는 안 오겠네. 배 타고 간다고?"

아빠가 한참 만에 입을 뗐다. 그러면서 왼 손바닥에 침을 퉤 뱉더니 오른손으로 손뼉을 세게 쳤다. 침방울 하나가 서쪽으로 날아갔다.

"침방울 날아간 쪽이 인천 맞지?"

아빠가 고개를 서쪽으로 돌렸다. 아빠 말처럼 그곳에 인천항이 있다.

"길 못 찾을 땐 이렇게 하면 찾을 수 있다고 할아버지가 늘 말했어."

"그러면 내일 여행 가도 되는 거지? 엄마한테 말할 거야?"

"엄마는 못 가게 할 테니까 비밀로 하자. 아빤 이십 년 동안 돈가스 튀기느라 여행이라곤 관악산 계곡에 가서 수박 먹고 온 게 전부야. 여름 방학에 너랑 피서 한 번 제대로 가지 못해서 늘 미안했는데…… 권완수의 행운을 빈다."

아빠는 엄지손가락을 들어 보였다. 어른들 모르게 가야 더 짜릿한데 아빠한테 들켜서 김이 새긴 했지만 여행자 보험을 든 것처럼 든든했다. 시원한 바람이 불었다. 아빠 몸에서 옅은 기름 냄새가 났다. 오늘은 그 냄새가 고소했다.

아침이 밝았다. 오늘은 어제와 다른 날이다. 점심을 먹고 다시 한 번 배낭을 살폈다. 빠뜨린 건 없었다.

"아침에 출발해야지 왜 오후에 가는 거야? 도착하면 밤이잖아."

엄마는 구시렁거렸다.

"가자마자 푹 자고 내일부터 신 나게 노는 게 더 좋지. 교회에서 어련히 알아서 할까?"

아빠가 짐짓 큰 소리로 말하며 내게 웃음지어 보였다. 나는 엄마 아빠에게 인사를 하고 가게를 나왔다. 오늘따라 동네 골목이 무지 좁아 보였다. 학원 가방을 들고 가게 앞을 지나는 친구들이 아는 체를 했다. 녀석들은 나보다 훨씬 어린 꼬마 같았다. 막대 사탕을 쪽쪽 빨고 있으면 딱 어울릴 텐데.

"열심히 공부해라. 형님은 좀 바빠서!"

휘파람을 불며 꼬마들에게 손을 흔들었다.

골목을 빠져나와 모퉁이를 돌았다. 어디선가 자동차 경적이 울렸다. 둘레를 두리번거렸다. 아빠 차가 슈퍼 앞에 서 있었다. 설마 엄마가 날 잡으려고 쫓아온 건 아니겠지? 잠깐 사이에 많은 생각이 떠올랐다. 나는 마른침을 삼키며 천천히 차 앞으로 걸어갔다.

"인천까지 태워다 줄게! 사장님이 가고 싶은데 가게 때문에 못 가시니까 나더러 바래다주래."

대운이 형이 운전대를 잡고 있었다.

"고맙지만 괜찮아. 시간이 넉넉해서 지하철 타고 갈 거야. 어른들한테 신세 지기 싫어."

"그래? 그러면 지하철 타고 같이 가자."

형은 차를 놀이터 근처 주차장에 세워 놓고 나를 따라왔다.

"아르바이트는 어쩌려고?"

"나도 땡땡이 좀 치자. 아르바이트 이젠 지겨워. 오늘은 바다가 보고 싶은데!"

형은 내 볼을 꼬집으며 말했다. 대한민국 최고 모범 아르바이트생 대운이 형도 불량한 마음을 먹을 때가 있다니. 그런 모습이 내 마음에 쏙 들었다.

우리는 지하철 1호선에 몸을 실었다. 종각역, 시청역, 서울역을 지났다. 조금씩 환해지기 시작하더니 눈부신 햇살이 전철을 가득 채웠다. 이제부터는 지하철이 아니라 지상철이다. 창밖을 바라보았다. 차들은 어디론가 정신없이 달렸고 고개를 쳐들어야 끝을 볼 수 있는 높은 빌딩이 많았다. 그 빌딩에서 나오는 사람들에게 손을 흔들었다.

'권완수는 떠난다! 제주도로 고고씽!'

이 순간은 전국에서 공부 일등 하는 녀석도 부럽지 않았다. 곁에 있던 사람들이 나를 힐끗힐끗 이상한 눈으로 바라보았지만 신경 쓰지 않았다. 괜히 샘나서 그런 걸 테니까.

"공부도 못하고 피시방에 가서 게임이나 하는 줄 알았는데. 대범한 면도 있네."

형이 처음으로 나를 칭찬했다.

용산역을 지나자마자 한강이 보였다. 전철이 한강 철교를 건너기 시작하자 덜컹거리는 소리가 들렸다. 강물 위로 금빛 햇살이 둥둥 떠다녔다. 강에서 윈드서핑을 하는 사람도 있고 한강 둔치 수영장에서 물장구를 치는 꼬마들도 보였다.

210

"이번 역은 노량진, 노량진역입니다."

전철이 노량진역에 멈추었다. 머리를 짧게 자른, 고등학생처럼 보이는 형들이 한꺼번에 올라탔다. 대운이 형 또래로 보이는 누나들도 있었다. 모두 무거운 책가방을 짊어지고 손에는 방석 같은 걸 들고 있었다. 다들 피곤한 얼굴이었다.

"여기가 그 유명한 재수 학원 동네야. 이곳엔 안 오는 게 좋지."

형이 손가락으로 창밖을 가리켰다. 정말 온 동네에 학원밖에 없었다. 대학교 재수 학원, 9급 공무원 시험 학원, 교사 임용 고시 학원, 경찰 공무원 학원…… 그 간판들을 대충 훑어보는데 숨이 턱 막혔다. 제발 오라고 사정을 해도 가고 싶지 않은 곳이었다.

"너도 좋은 대학 못 가면 저기 가서 엉덩이에 땀띠 나도록 공부만 해야 될걸!"

"끔찍한 소리 하지 마. 난 절대로 그렇게 안 살 거니까. 근데 저 형들도 중학생 때 꿈이 9급 공무원이었을까? 아차, 우리 반에도 9급 공무원이 꿈인 녀석들이 많더라. 월급 잘 나오고 안 짤린다고!"

노량진에서 공부하는 형들은 전철 손잡이를 잡고서도 책을 보았다.

"나도 이제 노량진에서 학원 다닐 거야."

형은 헛기침을 몇 번 한 뒤 말이 없었다.

시간이 얼마나 흘렀을까. 해가 설핏 기울었다. 금세 거리에는 그림자가 많이 생겼다. 지하철이 구로를 지나고 부천역, 송내역…… 수많은 역에 멈췄다가 다시 출발했다.

"이번 역은 동인천, 동인천역입니다."

안내 방송이 또렷하게 들렸다. 배낭을 짊어지고 동인천역에서 내렸다. 우리는 먼저 역 밖으로 나갔다. 큰 사거리가 나왔다. 퇴근 시간이라서 사람들이 많아 정신이 없었다.

"인천항 가는 버스는 어디서 타는지 알아?"

형이 말했다. 나는 그 자리에 서서 왼 손바닥에 침을 퉤 뱉었다. 그걸 지켜보던 형은 이맛살을 잔뜩 찌푸렸다.

"침방울이 어디로 날아가는지 잘 봐!"

아빠가 한 것처럼 손뼉을 쳤다. 침방울이 맞은편으로 날아갔다. 그쪽으로 고개를 돌렸다. 버스 정류장이 있었다. 내가 앞장섰다. 형은 못미더운 얼굴로 내 뒤를 졸졸 따라왔다. 정류장 위에는 버스 노선표가 붙어 있었다. 두 눈을 크게 뜨고 버스 노선을 확인했다. 24번, 12번 버스가 인천항 여객 터미널에 간다고 적혀 있었다.

"우와, 대단하네. 손바닥 내비게이션이잖아. 좀 더럽긴 하지만."

형은 호들갑을 떨었다. 잠시 뒤 24번 버스가 도착했다.

"아저씨, 이 버스, 여객 터미널 가죠? 제주도 가는 배 탈 건데."

버스에 오르기 전에 기사 아저씨에게 물었다. 아저씨가 고개를 끄덕였다. 우리는 버스에 올랐다.

버스는 큰길을 힘차게 달렸다. 덤프트럭이 쉴 새 없이 지나갔다. 해가 점점 불타오르며 세상을 붉게 물들였다. 잠시 뒤, 인천항 수출입 터미널이 나왔다. 그곳에서는 대형 크레인이 컨테이너 박스를 옮기느라 분주했다. 텔레비전에서 많이 본 모습이었다. 활기찬 분위기에 덩달아 나도 기분이 좋았다. 아직 바다는 보이지 않았다. 버스는 왕복 10차선 도로를 거침없이 달려갔다.

"저기 봐! 바다야, 바다!"

형이 소리쳤다. 버스가 좌회전을 하자마자 바다가 한눈에 들어왔다.

"학생, 인천항 다 왔어. 저기 보이는 배가 제주도 가는 배야!"

기사 아저씨가 운전석 위에 달린 거울을 보며 외쳤다. 우리는 꾸벅, 인사를 하고 버스에서 내렸다.

인천항 버스 정류장 앞에는 횟집이 많았다. 짭조름한 비린내가 났다. 하늘을 힘차게 날아다니는 갈매기도 보였다. 우리는 인천 연안 여객 터미널을 향해서 걸었다. 항구에는 엄청나게 큰 배들이 나를 기다리고 있었다. 배들은 서로 경쟁을 하듯 엔진 소리를 크게 냈다. 그 모습을 보니 떠난다는 게 실감 났다. 와락 두려움이 생겼다. 뱃고동 소리가 들릴 때마다 오줌을 쌀 것 같았다. 아빠 몸에서 풍기던 기름 냄새를 맡고 싶다. 또 코돈부르가 먹고 싶다. 매콤한 후추맛이 느껴졌다. 입안에 침이 고였다.

시간이 많이 남아 있었다. 형은 자판기에서 캔 음료수를 사왔다. 음료수를 마실 기분이 아니었다. 형의 뒤꽁무니를 따라서 집으로 가 버릴까. 인천 연안 여객 터미널 옆에는 인천 국제 여객 터미널이 보였다.

"친구가 인천 국제항에서 배 타고 중국 여행을 갔어. 저기서 중국 대련, 칭다오로 가는 배가 있대. 배 안에서 일주일 동안 중국을 구경할 수 있는 선상비자를 받을 수 있고."

형이 한자가 적힌 배를 손가락으로 가리켰다. 중국 배였다.

"인천에서 배를 타서 중국에 갈 수 있다고? 정말이야?"

방금 전의 두려움이 싹 사라지면서 눈이 번쩍 뜨였다. 제주도에 가는 건 책을 보면서 시험 문제 푸는 것처럼 쉬운 일로 여겨졌다. 마음을 야무지게 먹었다. 두려워서 벌벌 떤 게 창피해 얼굴이 화끈거렸다.

내년에는 꼭 중국에 가야겠다. 벌써부터 내년이 기다려진다. 일 년 동안 할 일이 많다. 여권도 만들고 중국에 대해 공부도 해야겠다. 고등학교에 가면 제2외국어로 중국어를 선택하는 게 좋겠다. 제주도에 가는 건 내년 중국 여행을 위한 연습이다.

권완수, 잘할 수 있지! 널 믿어. 내 자신에게 주문을 걸었다. 어느새 해는 수평선 너머에 반쯤 걸렸다.

여객 터미널에는 나처럼 배낭을 멘 사람들로 북적거렸다. 나는 매표소에서 표를 샀다. 승선표는 내 여행을 허가해 주는 증명서였다. 개찰구 앞에 사람들이 길게 줄을 서 있었다. 형은 멀리서 나를 지켜보았다. 이제 마음의 준비를 마쳤다. 개찰구 밖으로 바다가 보였다. 바다는 바닷바람에 조금 출렁거렸다. 항구를 떠난 배들이 점점 작게 보이더니 수평선 너머로 사라졌다. 수평선 너머는 어떤 세상일까. 나는 입을 크게 벌리고 바닷바람을 깊게 들이마셨다.

"멀미약 사 왔어. 귀밑에 붙이는 거랑 마시는 거야. 제주도에 가서 겁나면 비행기 타고 바로 올라와. 제주항하고 제주공항은 가깝다고 하더라."

형은 검은 봉지를 주며 신신당부했다. 아빠 같았다.

"형이나 길 잃어버리지 마! 혹시 길 모르면 손바닥 내비게이션 알지?"

그때 개찰구 문이 열리면서 검표원 아저씨가 표를 받았다. 개찰구 위에 걸린 전자시계를 올려다보았다. 6시 55분이었다. 나는 개찰구를 지나 성큼성큼 걸었다. 육지와 배를 잇는 이동식 계단이 나왔다. 천천히 계단을 올라갔다. 배가 흔들릴 때마다 계단도 조금씩 흔들렸다. 자칫 바다로 풍덩 빠질 것 같아 가슴이 조마조마했지만 짜릿한 기분이 좋았다.

배 위에 올랐다. 6시 59분이 되었다. 개찰구 앞에서는 안 보이던 먼 세상이 눈에 들어왔다. 형이 내게 손을 흔들었다. 사방이 점점 어두워졌지만 하나도 두렵지 않았다. 멀리 있는 작은 등대에 불이 들어왔다. 그리고 뱃고동 소리가 울렸다. 일 분 뒤에 배는 떠난다.

진심을 담고 싶다

중학생 때 라디오를 듣는 게 유행이었다.

밤 열 시, 미니 카세트 전원을 누르면 〈별이 빛나는 밤에〉 시그널 뮤직이 흘러나왔고 이어서 별밤지기 가수 이적 형의 목소리가 들렸다. 최신 가요를 따라 불렀고, 진행자의 익살스런 말투에 낄낄대며 하루의 스트레스를 날려 보냈다.

지금은 '보이는 라디오'가 있어서 게스트가 어떤 모습인지 알 수 있지만 그때는 '들리는 라디오' 밖에 없어 내 마음대로 상상할 자유가 있었다. 그게 라디오의 매력이었다.

라디오를 청취하는 두 시간은 삶을 배우는 보충 수업 시간이었다. 또래들이 보낸 사연을 들으며 내 자신을 돌아보았고 게스트 형, 누나의 조언과 격려를 마음에 담아 꿈을 키웠다.

어느 날이었다. 옆 반 녀석이 보낸 사연이 뽑혀 유명 브랜드

상품권을 받았다는 소식을 접했다. 선물은 운 좋은 녀석이나 받는다고 여겨 애초에 마음을 접었던 1인으로서, 'I Can do it!'을 외치며 분발을 다짐했다.

나는 엽서 수십 장을 사서 도서관으로 발걸음을 옮겼다. 어떻게 하면 더 그럴듯하게 이야기를 만들까. 창작의 고통이 시작되었다. 친구들의 몸짓, 말투를 유심히 살폈고 웃긴 행동을 보면 메모해 두었다. 아이디어를 찾아 다른 반으로 원정을 떠나기도 했다. 선생님을 비롯해 엄마 아빠도 단골 소재였다. 심지어 튀는 이야기를 만들기 위해 몸을 던지는 고생도 마다하지 않았다.

몇 달 동안 방송 3사, 선물이 빵빵한 라디오 프로그램에 엽서를 살포했다. 하지만 한 번도 뽑힌 적이 없었다. 너무 많이 보내 블랙리스트에 올랐을지도 모른다. 그 정성으로 공부를 했다면 성적이 확 올라 부모님이 선물을 사 줬을 것이다.

돌이켜보니 내 사연에는 진정성이 없었다. 선물에 눈이 멀어 호기심을 자극하는 소재와 작위적으로 꾸민 이야기들이 대부분이었다. 내 고민을 진솔하게 적었다면 울림이 있었을 텐데, 그때는 몰랐다.

오늘 아침, 버스에 올라 무심코 라디오에 귀를 기울였다. 다음 학기 등록금을 걱정하는 대학생의 사연에 울컥했다. 멋진 문장도 없었고 특별한 내용도 아니었지만 내 글보다 더 감동적이었다. 진심의 힘일 것이다. 내 글에 누군가의 마음을 떨리게 하는 '그 무엇'이 있는지 곰곰이 생각해 보았다. 무턱대고 글을 쓰기보다 타인의 마음을 먼저 헤아려야겠다.

이 책을 읽은 청소년들이 어떤 표정을 지을까. 예민한 그들의 삶과 동떨어진 이야기를 소설이라고 과대 포장한 것은 아닐지 염려가 된다. 청소년들이 라디오를 들으며 공감하듯 고개를 끄덕이고 유쾌하게 웃을 수 있는 이야기를 쓰고 싶다. 오랜 시간이 필요할 것 같다. 꼭 기다려 주시길!

2008년 3월, 첫 청소년소설 「살리에르, 웃다」를 썼다. 그 뒤 2010년 6월까지 쓴 단편 일곱 편을 모아 첫 책 『찢어, Jean』을 묶게 되었다. 먼저 다른 책에 실렸던 3편은 시의성에 맞게 조금 다듬었다.

원고를 정리하는 동안 얼굴이 화끈거렸다. 바쁘다는 핑계로 멀리했던 인문학 책을 꼼꼼하게 읽으며 기초를 다져야겠다. 그리고 충실하게 살겠다. 글 쓰는 것보다 삶이 먼저라고 생각한다. 기회를 주신 푸른책들, 편집자 최진우 씨, 기꺼이 '쌩'초고를 읽고 격려해 준 아벨 선배, 세은 누나에게 감사의 인사를 전한다.

할머니 양정숙 여사님을 비롯한 가족, 작은엄마, 작은아빠, 글 쓰는 조카를 자랑스러워하는 영종 삼촌에게 사랑을 전한다. 그리고 평론가 김서정 선생님께서 해 주신 좋은 말씀도 잊지 않으련다.

지난해 늦가을, 어느 날이었다. 해운대 앞바다를 보았고, 경주 석굴암에서 눈부신 태양과 마주했다. 폭설이 내린 올해 초에 보름 동안 시네마 스페이스를 빌려 영화감독 스탠리 큐브릭의 작품 전편을 감상했다. 화창한 주말 새벽에는 북한산을 오르고,

매달 마지막 토요일마다 〈발악〉 모임에 나간다. 그리고 첫 책이 나오면 사인할 때 쓰라고, 내 이름이 새겨진 만년필을 며칠 전에 선물 받았다.

주변에 좋은 사람이 많아 지금까지 행복했고, 앞으로도 그럴 것이다.

이렇게 2011년 절반이, 내 이십 대가 지나가고 있었다.

2011년 여름
문부일

문부일

1983년 제주에서 태어났으며, 성공회대학교에서 사회과학을 전공했다. 2008년 문화일보 신춘문예에 동화 「나는 행복 파출소에 간다!」가, 제6회 푸른문학상에 청소년소설 「살리에르, 웃다」가 각각 당선되어 본격적인 작품 활동을 시작했다. 2008년 대산대학문학상을, 2010년 MBC 창작동화대상을 수상했다. 가부장적 가족, 아르바이트와 사회생활, 부모의 이혼, 집단 따돌림, 재혼 가정 등 당대의 청소년들이 처한 다양한 현실을 유쾌하면서도 진정성 있게 그린 청소년소설집 『찢어, Jean』은 작가의 첫 작품집이다.

푸른도서관은 10대에서 20대까지 눈부신 성장을 거듭하는 푸른 세대를 위한
본격 문학 시리즈입니다.

＊〈푸른도서관〉 시리즈는 계속 나옵니다!